MW01612006

NUEVE ENSAYOS DANTESCOS

JORGE LUIS BORGES
NUEVE ENSAYOS DANTESCOS

INTRODUCCIÓN DE
MARCOS RICARDO BARNATÁN

PRESENTACIÓN DE
JOAQUÍN ARCE

ESPASA  BOLSILLO

E SPASA 🄴 B OLSILLO

Editora colección de bolsillo: Nuria Esteban
Editora colección de narrativa: Celia Torroja
Diseño de colección: Álvaro Reyero
Maqueta de cubierta: Ángel Sanz Martín
Ilustración de cubierta: *Canto XXVII del Purgatorio,* por W. Blake (Foto Oronoz)

© Espasa Calpe, S. A.
© Herederos de Jorge Luis Borges, 1982

Depósito legal: M. 8.625-1999
I.S.B.N.: 84-239-9682-4

Reservados todos los derechos. No se permite reproducir, almacenar en
sistemas de recuperación de la información ni transmitir alguna parte de esta
publicación, cualquiera que sea el medio empleado —electrónico, mecánico,
fotocopia, grabación, etc.—, sin el permiso previo de los titulares de los derechos de la propiedad intelectual.

Espasa, en su deseo de mejorar sus publicaciones, agradecerá cualquier suge-
rencia que los lectores hagan al departamento editorial por correo electrónico:
sugerencias@espasa.es

Impreso en España/Printed in Spain
Impresión: Huertas, S. A.

Editorial Espasa Calpe, S. A.
Carretera de Irún, km 12,200. 28049 Madrid

ÍNDICE

NOTICIA PRELIMINAR

En un memorable «Prólogo de prólogos» nos recordaba Borges que nadie ha formulado hasta ahora una teoría del prólogo, para definirlo a continuación: «El prólogo, en la triste mayoría de los casos, linda con la oratoria de sobremesa o con los panegíricos fúnebres y abunda en hipérboles irresponsables, que la lectura incrédula acepta como convenciones del género..., cuando son propicios los astros, no es una forma subalterna del brindis; es una especie lateral de la crítica». Para regalarnos más tarde la idea de un libro: «Constaría de una serie de prólogos de libros que no existen. Abundaría en citas ejemplares de esas obras posibles» [1]. Un querido maestro de Borges, al que nunca olvida entre sus lealtades, Macedonio Fernández, emprendió una aventura prologuística semejante en sus cincuenta y siete prólogos que preceden su *Museo de la novela de la Eterna* [2]. La propuesta de Borges y la

---

[1] J. L. Borges, *Prólogos, con un prólogo de prólogos,* Torres Agüero Editor, Buenos Aires, 1975.

[2] Macedonio Fernández, *Museo de la novela de la Eterna,* Centro Editor de América Latina, Buenos Aires, 1967 (con un prólogo de Adolfo de Obieta).

atrevida ejecutoria de Macedonio Fernández están hermanadas por una misma voluntad lúdica que subleva e irrita a quienes entendieron y entienden la literatura como una trascendente solemnidad trazada por la mano de un demiurgo.

En otro prólogo de Borges, no menos memorable, el que abre *El hacedor* y que se presenta en forma de dedicatoria a Leopoldo Lugones, nuestro escritor pergeña un encuentro imposible con su recuperado maestro y le confiesa: «Usted no me malquería, Lugones, y le hubiera gustado que le gustara algún trabajo mío. Ello no ocurrió nunca, pero esta vez usted vuelve las páginas y lee con aprobación algún verso, acaso porque en él ha reconocido su propia voz, acaso porque la práctica deficiente le importa menos que la sana teoría» [3]. Bajo esas palabras dirigidas al maestro muerto quiero yo poner este nuevo atrevimiento mío, y decirle con ellas a Borges ese mismo: *si no me engaño, usted no me malquiere, Borges, acaso porque en mí reconoce un eco de su propia voz...*

Y así, una vez más, el azar quiere que sea el discípulo quien prologue un libro del maestro cuando la convención parece señalar todo lo contrario. Y en este caso un libro completamente inédito en el que la curiosidad borgeana demuestra su legendaria infatigabilidad.

Cuando me propusieron escribir un extenso preámbulo a este libro que, como el mapa de aquel imperio que tenía el tamaño del imperio, debía de tener casi

---

[3]   J. L. Borges, *El hacedor,* Emecé, Buenos Aires, 1960.

igual número de páginas que el propio libro, no pude evitar el malsano pensamiento de remedar el ingenio de Pierre Menard y escribir un prólogo que coincidiera puntualmente con el libro de Borges. Me era suficiente recurrir a la autoridad que nos confiere Novalis cuando esboza el tema de la *total identificación* con un autor determinado, y perpetrar así el sueño concretado de Menard: no copiar mecánicamente el original de Borges, sino producir unas páginas que coincidieran palabra por palabra, línea por línea, con las que él escribiera sobre la *Comedia*. Para ello hubiera tenido que agudizar aún mi facilidad al mimetismo y emprender el arriesgado proceso de *ser* Borges o, lo que es aún mucho más difícil, escribir el ensayo de Borges sin dejar de ser Barnatán. Pero para desgracia del lector me acobardó tarea tan ardua y, lo que es peor, no pude afrontar la previsible incomprensión de los editores. Sé que pagaré esta cobardía, pero los que tantas veces hemos construido un peldaño de la torre sabemos que *todo se ha escrito, todo se ha dicho, todo se ha hecho*, y que en Babel no nació el criterio de la confusión.

M. R. B.

Madrid, febrero de 1982.

INTRODUCCIÓN

Una vida para Jorge Luis Borges

> Borges écrit sur le mythe de l'enfer avec une apparente insensibilité qui ne peut tromper que le niais. Il sait très bien que cette chose qu'il nie a une lointaine racine réelle dans le coeur de l'homme, et son expérience de l'enfer transparait à travers ses lignes vigoureusement incrédules.
>
> Pierre Drieu la Rochelle.

Como Borges de Carriego, yo también poseo recuerdos de Borges: recuerdos de recuerdos de otros recuerdos, para ser más exacto y más hurtador. El primero, una vasta concentración popular que en la porteña plaza de Mayo festejaba el triunfo de una revolución que había acabado con la dictadura del general Perón. Corría septiembre de 1955, yo no había cumplido aún los diez años y una amiga brasileña de mi madre que nos acompañaba en la algarada habló de un escritor de cuentos fantásticos y probada fe antiperonista que respondía a ese nombre. La mutación había sido violenta, de un día a otro, en la penumbra confortable de un apartamento de la calle Bulnes, había descubierto que mis padres odiaban al líder, que yo había ignorado la verdad hasta entonces y tenía un altar de papel en mi cuarto con el general y con Evita que no tardé en destruir con la ira y con el júbilo del converso. No podré olvidar las lluviosas horas de septiembre, ni el gran aparato de radio que vencía las interferencias y nos traía la palabra opositora desde el Uruguay, ni la pistola que descubrí oculta entre las toallas del armario paterno, ni ese nombre pronunciado misteriosamente por una brasileña: Borges. Luego entreví otros rostros que respondían a ese mismo conjuro: un escritor extranjerizante que ignoraba su patria (yo había cumplido ya los trece y mis amigos me habían contagiado su fervor revolucionario, teníamos el nombre de Cuba siempre en la boca, amábamos a Neruda y despreciábamos lo que no fuera *popular).*

Después se hizo el milagro. Una tía borgeana, la tradición dice que no hay buena familia donde no surja una tía borgeana, me regaló el volumen de tapas grises que Emecé imprimió de su obra poética. Allí, otra vez, ese nombre tan oído en las discusiones precoces de quienes queríamos redimir la patria y hacerla sólo con el bronce de los próceres y con la música telúrica y caliente de las multitudes. Devoré en una noche esa poesía distinta, calmosa, que hablaba de campos atardecidos y silenciosos, de nocturnos espejos y de remotas batallas. Leí y releí el verso suburbial de Buenos Aires, donde la ciudad se asoma a la pampa, y vi al general Quiroga llegando en coche al *muere,* y rescaté el exótico nombre de Dakar, la inquietud del Golem, el ajedrez, el reloj de arena, el tallado diamante de Spinoza. En una noche demolí toda la fortaleza que había construido mi entusiasmo nacionalista y comencé a construir una nueva concepción de la literatura. Borges otra vez presente cuando se destruye un altar y se rompen los ídolos de barro.

Hay que forzar la memoria para verlo por primera vez, de carne y hueso, acercándose con su bastón al aula de la facultad de Filosofía y Letras. Es la vieja casona de la calle Viamonte. Borges habla de literatura inglesa: Stevenson, Conrad, Blake (todos nombres adánicos, oídos por primera vez, buscados después con fruición). Más tarde un café, Borges frente a un vaso de leche sonríe. Durante muchas tardes decido perseguirlo en silencio hasta su casa de la calle Maipú. Un día frente a la vidriera de la librería Atlántida vencida mi timidez le hablo por primera vez. No recuerdo ninguna palabra. Después todo se hace menos mágico. Viajes de Borges a España, retornos míos a Buenos Aires. Charlas en hoteles, en colegios mayores, a las puertas de una conferencia, frente a las cámaras de la televisión, en la intimidad de su casa (doña Leonor aún presencia), o en mi casa madrileña en un *high tea* en su honor, en el aula magna de la Universidad de Barcelona, o descansando de un paseo gótico en el hotel Colón, en el aeropuerto o volando juntos con María Kodama y Rosa Pereda. Y algo más, Borges en el teléfono, en la radio, en la voz de Beba Barnatán. Y por qué no, también en sus libros.

Jorge Luis Borges es como casi todos los argentinos, porteño. Nació en Buenos Aires el 24 de agosto de

1899. Primer hijo de Leonor Acevedo Suárez y Jorge Borges Haslam, puede contar varias generaciones argentinas y una decena larga de ilustres ancestros pioneros de la independencia y ligados a las guerras civiles que se sucedieron tras ella. Su padre, profesor de psicología en un colegio inglés, rompe con una tradición de militares que culminó en su abuelo el coronel Francisco Borges. Un pasado heroico que Borges evocará constantemente a lo largo de su producción literaria y sobre todo en su poesía. Batallas, gestos heroicos que recibe en la narración oral de sus abuelos y sus padres, y que el escritor convertirá en materia de su literatura. Una moral intachable, un coraje desmedido, una ética del renunciamiento que tuvo en San Martín, el Libertador, su paladín más ilustre. Lealtad a la palabra contraída aunque en ello vaya la propia muerte. Resistencia a la dictadura de Rosas, aunque el nepotismo hubiera podido favorecerles. Exilio, silencio, y el íntimo cuchillo en la garganta reencontrándole con su destino sudamericano. Toda una panoplia de historias que alimentarán las fantasías infantiles del niño, a las que acceden pronto los fantasmas verdes que vivirán en los espejos, las sociedades secretas de una infancia feliz, y más tarde la biblioteca paterna, las fértiles láminas de los libros y la palabra *tigre,* rayada e inglesa, como el verbo primigenio.

Emir Rodríguez Monegal, un profesor uruguayo con cátedra en la Universidad de Yale, ha publicado una biografía literaria de Borges en los Estados Unidos [4],

---

[4]   Emir Rodríguez Monegal, *Jorge Luis Borges A Literary Biography,* E. P. Dutton, Nueva York, 1978.

donde recrea la leyenda con minuciosidad ejemplar. Una vida aparentemente gris, sin grandes aventuras que contar, ni sobresaltos, ni escándalos, se transforma en algo apasionante desde su origen en la *casa museo* de la infancia hasta su retrato del viejo guru de fama internacional. El rastreo de Monegal no es el primero, pero sí el más completo. Los diálogos con Borges de la inolvidable Victoria Ocampo [5] viendo las viejas fotos de un álbum familiar, un libro biográfico de Alicia Jurado [6], y ya media decena de aproximaciones mías [7] constituyen la narración fragmentada de una vida dedicada exclusivamente a su destino literario, descubierto a los seis años por un niño que confiesa a su padre su deseo más ferviente: ser escritor.

Borges nace en la casa de sus abuelos, en el centro de Buenos Aires, en una manzana marcada por los nombres de batallas de sus calles. En ella vive hasta los dos años, fecha en que su familia se traslada a una gran casa ajardinada en el barrio de Palermo. Será la casa primordial de la infancia en Serrano, 2135, donde crecerá junto a su hermana Norah. Tras la verja y en ese jardín ocurrirán las fundacionales anécdotas de la niñez que se pueden rastrear perfectamente en su poe-

---

[5] Victoria Ocampo, *Diálogos con Borges,* Sur, Buenos Aires, 1971.

[6] Alicia Jurado, *Genio y figura de J. L. B.,* Eudeba, Buenos Aires, 1964.

[7] M. R. Barnatán, *Borges,* Epesa, Madrid, 1972 (agotado); *Jorge Luis Borges,* Júcar, Madrid, 1972 (2.ª ed., 1976); *Conocer Borges y su obra,* Dopesa, Barcelona, 1978; *Narraciones de Jorge Luis Borges* (edición crítica), Cátedra, Madrid, 1980 (2.ª ed., 1981); *Jorge Luis Borges,* Barcanova, Barcelona, 1982.

sía y en su prosa. Aprenderá a leer primero en inglés de la mano de su abuela Fanny Haslam y enseguida llegarán los primeros libros, *El Quijote* en «aquella edición de Garnier», *Las mil y una noches,* «o como quiere Burton *El libro de las mil noches y una noche»,* la selva indostánica de Kipling, las aventuras de Stevenson o el desbordado futurismo de Wells. «Como todos los chicos de mi edad —le confiesa a Victoria Ocampo—, yo era muy *snob.* Al principio me parecía que lo literario debía ser arduo y que lo fácilmente accesible y placentero no podía ser buena literatura.» Eran los años de la recordada miss Tink, la institutriz inglesa de los Borges. Sus padres, que temían las enfermedades contagiosas, habían preferido la enseñanza particular a la escuela. Norah, su hermana, recuerda ese tiempo del niño tranquilo, siempre leyendo, tirado en el suelo boca abajo con su guardapolvo color crudo. Rehuía los trabajos manuales y era torpe en los juegos de destreza a excepción del diábolo, pero sus juegos preferidos eran las representaciones teatrales inspiradas en escenas literarias. Todo «detrás de una verja con lanzas» y junto al seno protector de la biblioteca paterna. «Siempre me he creído un escritor, incluso antes de escribir un libro —dice Borges respondiendo a Richard Burgin, uno de sus entrevistadores—. Digamos que, incluso antes de haber escrito algo, sabía que lo haría. No pienso en mí como en un buen escritor, pero siempre he sabido que mi destino o mi suerte era la literatura»[8]. Su primer

---

[8]   Richard Burgin, *Conversaciones con Jorge Luis Borges,* Taurus, Madrid, 1974.

texto fue un manual en inglés de diez páginas, sobre mitología griega, donde el niño contaba las leyendas que le habían impresionado: la historia del Toisón de Oro, el Laberinto, los doce trabajos de Hércules, que era su favorito, los amores de los dioses y el caballo de Troya. «Recuerdo que estaba escrito con una letra pequeña y apretada porque era muy corto de vista.» Doña Leonor, su madre, conservó muchos años una copia de esa aventura infantil, pero el tiempo pudo más y hoy no hay rastro del cuaderno.

Cuando le preguntaron a Borges por sus primeros recuerdos, habló de un arco iris en el campo, no podía asegurar si en una quinta bonaerense o en la casa de sus primos Haedo, al otro lado del río de la Plata, «en la banda oriental. En casa mi madre nos enseñó desde muy pequeños que había que hablar de orientales y de la banda oriental. Decir uruguayos era una guarangada». Pero junto a ese arco iris, Borges supone poder recordar todas las ilustraciones de *Huckleberry Finn,* de *Life on the Mississipi,* de *Roughing It.* Las de las *Mil y una noches* y Dickens ilustrado por Cruikshank y Fisk. «También recuerdo estar en el campo, montar a caballo en la estancia. Las ilustraciones de la enciclopedia y el diccionario los recuerdo perfectamente. La *Enciclopedia Chambers* o la edición americana de la *Enciclopedia Británica* con los grabados de animales y pirámides.»

Tras el manual mitológico, Borges lee *El Quijote,* y a los ocho años escribe su primer cuento en castellano antiguo, *La visera fatal.* «Lo que me salvó de intentarlo quince años después. Lo había intentado ya una vez y había fracasado.» De esa prehistoria, el primer trabajo édito es su traducción de *El príncipe feliz,* de Wilde, que publica el diario *El País,* de Buenos Aires. El trabajo, que aparece firmado por Jorge Borges (h), confunde a los amigos de su padre, quienes lo felicitan por el trabajo que en realidad había hecho su hijo.

De su padre guarda Borges una gran admiración y respeto. Escritor frustrado, había compuesto algunos sonetos y una novela que imprimió a su costa en Palma de Mallorca *(El Caudillo).* Profesor de psicología en inglés, y abogado, quiso para su hijo el destino literario que él no alcanzó. «Él estaba interesado en psicología y pensaba que el derecho no servía para nada. Una vez me dijo que era un abogado bastante bueno, pero que pensaba que se trataba sólo de conocer un montón de trucos y que para haber estudiado el Código Civil podía haber estudiado igualmente las leyes del *whist* o del póquer. Quiero decir que eran una serie de formas convencionales que sabía cómo utilizar pero en las que no creía. Recuerdo que mi padre me dijo algo sobre la memoria, algo muy triste. Dijo: *Pensé que podría recordar mi niñez cuando por primera vez llegué a Buenos Aires, pero ahora sé que no puedo.* Y yo dije: *¿Por qué?* Y contestó: *Porque creo que la memoria...* —no sé si era una teoría suya, yo estaba muy impresionado por ella y no le pregunté si la aprendió o era deducción suya—; *creo que si recuerdo algo, por ejemplo, si hoy recuerdo algo de mañana, obtengo una imagen de lo que vi esta mañana. Pero si esta noche recuerdo algo de esta mañana, lo que entonces recuerdo no es la primera imagen, sino la primera imagen de la memoria. Así que cada vez que recuerdo algo, no lo estoy recordando realmente, sino que estoy recordando la última* *vez que lo recordé»*. El pasado distorsionado por una repetición sucesiva, en la memoria de su padre, y en la memoria literaria de Borges. Y en la voz del hijo, sobre todo cuando recita en inglés, surge irremediable el tono de voz del padre. Y en la prosa magistral del hijo asoma tímida pero indefectiblemente la prosa *raté* de Jorge Borges Haslam.

Muchos años más tarde del tiempo de esa historia entre padre e hijo, cuando Jorge Borges ya había muerto prematuramente y ciego como sería su hijo, prologando *La Metamorfosis,* de Kafka, nuestro escritor evocará otra relación paterno-filial, esta vez conflictiva y siniestra, pero igualmente generadora de literatura: «Íntimamente no dejó nunca de menospreciarlo su padre y hasta 1922 lo tiranizó. (De ese conflicto y de sus tenaces meditaciones sobre las misteriosas misericordias y las ilimitadas exigencias de la patria potestad, ha declarado él mismo que procede toda su obra)» [9].

Pero si el padre fue en Borges una influencia determinante para su destino literario y su formación filosófica, doña Leonor, su madre, ejercerá en él la influencia más continuada. Su poderoso carácter y la desvalidez a que rápidamente lo condenará la ceguera, hizo de ella una compañera y una ayuda singular. Así lo reconocerá con tierno agradecimiento el escritor cuando en la cumbre de su fama le dedicará el tomo de sus *Obras completas* con estas palabras: «Quiero dejar

---

[9]   Franz Kafka, *La Metamorfosis,* traducción y prólogo de J. L. Borges, Losada, Buenos Aires, 1938. (Reimpreso en la Biblioteca Clásica y Contemporánea.) Prólogo incluido en *Prólogos.*

escrita una confesión, que a un tiempo será íntima y general, ya que las cosas que le ocurren a un hombre le ocurren a todos. Estoy hablando de algo ya remoto y perdido, los días de mi santo, los más antiguos. Yo recibía los regalos y yo pensaba que no era más que un chico y que no había hecho nada para merecerlos. Por supuesto, nunca lo dije; la niñez es tímida. Desde entonces me has dado tantas cosas y son tantos los años y los recuerdos. Padre, Norah, los abuelos, tu memoria y en ella la memoria de los mayores —los patios, los esclavos, el aguatero, la carga de los húsares del Perú y el oprobio de Rosas—, tu prisión valerosa, cuando tantos hombres callábamos, las mañanas del Paso del Molino, de Ginebra y de Austin, las compartidas claridades y sombras, tu fresca ancianidad, tu amor a Dickens y a Eça de Queiroz, Madre, vos misma. Aquí estamos hablando los dos, *et tout le reste est littérature,* como escribió, con excelente literatura, Verlaine» [10].

Aquí estamos hablando los dos, dice Borges a su madre, y esa conversación, ese diálogo parece ser una de las claves determinantes de su obra, un diálogo profundo y cómplice, que sólo la muerte de doña Leonor ha truncado.

Y esa familia, unida, cómplice, partícipe de unas mismas preocupaciones e intereses, resolverá abandonar Buenos Aires en busca de la mítica Europa. Borges no ha cumplido aún los quince años y la familia se establecerá en Ginebra, ciudad en donde acabará su ba-

---

[10]   Borges, *Obras completas,* Emecé, Buenos Aires, 1974. (Dedicatoria: A Leonor Acevedo de Borges.)

chillerato y completará el conocimiento de dos nuevas lenguas compañeras del inglés y el castellano original: el francés del escolar y el alemán de la curiosidad literaria. El cosmopolitismo de Suiza, exacerbado en tiempos de guerra europea y neutralidad ejerciente, marcará las inquietudes del joven y enriquecerá sus lecturas y su medio de crecimiento. La gran eclosión de las vanguardias es contemporánea de un escolar atento, que compagina el latín con los poetas expresionistas alemanes, la apasionada lectura de Whitman, de Schopenhauer, de Chesterton o Carlyle, junto al descubrimiento de Rimbaud y los simbolistas franceses de la mano de su compañero de estudios Maurice Abramowitz. «Éramos tan ignorantes de la historia que la guerra nos sorprendió en Ginebra y de allí no nos movimos hasta que acabó.» Antes habían estado en París, y en el norte de Italia (Milán, Venecia), en Ginebra estudiará en el mismo instituto que vio crecer a Calvino y es allí donde se entrega a la lectura y al estudio de lenguas. El alemán lo aprende traduciendo a Heine, tras encerrarse en un hotel con un diccionario alemán-inglés y los poemas completos del romántico alemán. Enseguida se entusiasma con *El Golem,* de Gustav Meyrink, la famosa novela expresionista que muchos años más tarde le inspiraría uno de sus poemas más célebres. «El incesante Ródano y el lago» es un recuerdo que luego perseguirá al poeta. Lee a los autores argentinos que entusiasmaban a su padre para no perder los lazos con la patria lejana: Ascasubi, José Hernández y su *Martín Fierro,* con quien tendrá siempre una relación conflictiva, a Eduardo Gutiérrez, a Evaristo Carriego y a Lugones.

Los que han calumniado a Borges desde el fanatismo nacionalista ignoran que su formación europea no relegó nunca los auténticos valores de la literatura argentina, a la que tuvo acceso directo gracias a la erudición de su padre y a una voluntaria aceptación de lo argentino integrado en la cultura occidental. Y quien repase los ensayos borgianos encontrará a cada paso las referencias a la poesía gauchesca [11], el idioma de Buenos Aires [12], o el escritor argentino y la tradición [13]; «debemos pensar que nuestro patrimonio es el universo, ensayar todos los temas, y no podemos concretarnos a lo argentino para ser argentinos: porque o ser argentino es una fatalidad y en ese caso lo seremos de cualquier modo, o ser argentino es una mera afectación, una máscara. Creo que si nos abandonamos a ese sueño voluntario que se llama la creación artística, seremos argentinos y seremos, también, buenos o tolerables escritores». Para no entrar en los temas de su poesía o en la ambientación de una gran cantidad de su prosa narrativa, que realzan la historia y las escenografías rioplatenses como ningún otro escritor realista o «populista» ha conseguido. Pero es curioso que la *universalidad* de Borges, sólo comparable entre los lati-

---

[11] «La poesía gauchesca», ensayo que abre el volumen *Discusión* (Buenos Aires, 1932).

[12] Jorge Luis Borges y José E. Clemente, *El lenguaje de Buenos Aires,* Emecé, Buenos Aires, 1952.

[13] «El escritor argentino y la tradición» (versión taquigráfica de una clase dictada por J. L. Borges en el Colegio Libre de Estudios Superiores), ensayo incluido en el volumen *Discusión* (Buenos Aires, 1932).

noamericanos contemporáneos con la de Octavio Paz, moleste tanto a quienes rinden pleitesía a una literatura eminentemente *parroquial,* al decir de Emir Rodríguez Monegal, que vive enquistada en su propia mediocridad y se alimenta de sus pares. «Hoy lo que dice Borges sobre Henry James o sobre Kafka (y no sólo lo que dice sobre Lugones o Carriego) se examina con atención en Occidente», escribe Monegal, para agregar enseguida que Borges no desdeña la práctica cotidiana de la inteligencia y de la erudición [14]. El americanismo, el argentinismo no excluye, sino que incorpora toda la tradición occidental, y a veces también la oriental.

Pero retomemos la historia. Volvamos al joven estudiante argentino que descubre en Suiza las vanguardias europeas y lee entusiasmado los telegramas que llegan de la lejana Rusia. Ha estallado la revolución de octubre y el joven Borges escribirá algunos poemas expresionistas dedicados a la gesta maximalista, junto a otros sonetos decadentes hechos en el más decoroso de los franceses posibles a un bachiller que leía a Verlaine y a Baudelaire. «Compuse sonetos, bien mediocres por cierto, en francés y en inglés. Ahora, ya no osaría hacerlo. Tengo un sentido de la responsabilidad que no tenía entonces» [15].

Son estos años ginebrinos muy importantes, marcan el fin de la infancia y el despertar adolescente de un hombre lejos de su patria, conviviendo con gentes dis-

---

[14]   Emir Rodríguez Monegal, *Borges, hacia una interpretación,* Guadarrama, Madrid, 1976.
[15]   De una entrevista de J. L. Borges con Georges Charbonier, recogida en el libro *El escritor y su obra,* Siglo XXI, México, 1967.

tintas, flexibilizando su concepción del mundo. En un memorable cuento titulado «El otro», incorporado a su volumen *El Libro de Arena* [16], Borges utiliza el viejo tema del doble como pretexto para comparar sus opiniones de adolescente con las actuales y memorar ese tiempo fundacional. El Borges anciano de hoy se encuentra una mañana de febrero de 1969 con un joven junto al río Charles, al norte de Boston, en Cambridge. El joven que está a su lado no es otro que él mismo, sentado en un banco ginebrino que mira al lago. La autobiografía da algunas pistas: «En casa hay un mate de plata con un pie de serpientes, que trajo del Perú nuestro bisabuelo. También hay una palangana de plata, que pendía del arzón. En el armario de tu cuarto hay dos filas de libros. Los tres volúmenes de *Las mil y una noches,* de Lane, con grabados en acero y notas en cuerpo menor entre capítulo y capítulo; el diccionario latino de Quicherat; la *Germanía,* de Tácito, en latín y en la versión de Gordon; un *Don Quijote,* de la casa Garnier; las *Tablas de sangre,* de Rivera Indarte, con la dedicatoria del autor; el *Sartor Resartus,* de Carlyle; una biografía de Amiel y, escondido detrás de los demás, un libro en rústica sobre las costumbres sexuales de los pueblos balcánicos. No he olvidado tampoco un atardecer en un primer piso de la plaza Dubourg». Y según Emir Rodríguez Monegal ese misterioso atardecer en la plaza Dufour, como corrige el Borges adolescente al desmemoriado memorista, es la iniciación sexual del personaje real que vive detrás de las dos máscaras de la ficción.

----

[16]   J. L. Borges, *El Libro de Arena,* Emecé, Buenos Aires, 1975.

El incesante Ródano y el lago, en cuyas aguas el joven Borges probó ser un excelente nadador, costumbre que había adquirido en sus vacaciones australes en el Uruguay. Y cuya imagen quedará grabada en su poesía:

> Agua, te lo suplico. Por este soñoliento
> enlace de numéricas palabras que te digo,
> acuérdate de Borges, tu nadador, tu amigo.
> No faltes a mis labios en el postrer momento [17].

De esos años suizos, en medio de la guerra europea del catorce, guardaba doña Leonor, su madre, un hermoso testimonio. Es una fotografía en la que aparece con su hijo, los dos sentados en una silla doble de varillas blancas. Ella, protegida por un gran cuello de piel, y escondiendo sus manos en un manguito, tocada por un sombrero oscuro, coronado con dos altas plumas que llegaban al hombro de su marido, de pie. Jorge Luis, abrigado, con una gorra en la mano y una correa cruzándole el pecho, quizá sosteniendo su cartera de escolar en la que sobrevivían sus primeros poemas escritos en francés. Norah, su hermana, de pie, a su lado, sujetando un paraguas apoyado al brazo de la silla, con un abrigo blanco de grandes botones y un sombrero cilíndrico adornado con una cinta ancha y oscura. Por fin, el padre, aún joven y sin nada que denuncie el ya presente estigma de la ceguera, dejando ver tras el abrigo el cuello redondo de su camisa y una abultada

---

[17] Del «Poema del cuarto elemento», en *El otro, el mismo.* (*Obra poética completa,* Alianza Editorial, Madrid.)

corbata. Hasta aquí el amarillento daguerrotipo ginebrino.

El joven Georgie, como lo llamaba su madre y lo
llamarán después los que lo quieren, no recordaba en
«El otro» todos los libros de esas dos filas que guardaba el armario de su cuarto: están también *Tartarín de
Tarascón, Los Miserables,* Flaubert, Zola, Maupassant,
Voltaire y Barbusse, como los ya citados Verlaine y
Baudelaire, Rimbaud y los simbolistas. Borges aprove-
chó intensamente ese «estado de sitio», que la guerra
les impuso, para leer, estudiar y escribir mucho. Sus
compañeros de colegio lo llamaban «Borges» con la e
muda, pronunciación que no se preocupaba en corregir, ya que él tampoco sabía la fonética correcta de su
propio apellido: «La verdadera —escribió— debería
ser una pronunciación portuguesa de hace dos siglos».

De Ginebra se trasladarán a Lugano, poco antes del
fin de la guerra, y es allí donde morirá su abuela Fanny
Haslam, que los había seguido a Europa poco tiempo
después de que la familia dejara Buenos Aires. A pesar
de su juventud colabora con algunos artículos en revistas alemanas, que llamarán la atención de Martin Bu-
ber, quien quiso conocerlo, y se asombró al saber que
el escritor que le interesaba no había cumplido los
veinte años. Su francés era entonces muy bueno, y en
esa lengua escribió, además de los sonetos citados y
hoy perdidos, una gran correspondencia, de la que se
publicaron extractos en las páginas literarias de un periódico ginebrino. Pero además de leer a Carlyle y a
Chesterton, a Schopenhauer, a Walt Whitman y a John-
son, el joven Borges salía a remar al lago con su hermana, mientras le recitaba poemas simbolistas, ejer-

citando esa extraordinaria memoria que nunca le aban-
donaría. Pero son también años de nostalgia, nostalgia
de su ciudad argentina que se le manifestaba al leer y
releer los libros argentinos de la biblioteca de su padre.
Pero el regreso a Buenos Aires tendrá que esperar aún
unos años. El último estampido de la guerra europea
significó el fin de la estancia de los Borges en Suiza y
el comienzo de su aventura española.

La llegada a España es en 1919. La familia entra por
Barcelona y enseguida se instalan en Palma de Mallorca, buscando la tranquilidad. Carlos Meneses, un
escritor peruano que reside en Mallorca desde hace
muchos años, es quien mejor ha investigado esa etapa
de la vida de nuestro escritor. En su libro *Poesía juvenil de J. L. Borges* [18] y en *Escritores latinoamericanos
en Mallorca* [19], además de en numerosos artículos, Meneses ha desvelado algunas de las incógnitas de esa estancia larga y fructífera. Ya que en Palma vivirán los
Borges diez meses, y de ella recuerda aún el hotel
donde vivían, frente a la iglesia de San Miguel, que fue
mezquita y que conserva unos curiosos Cristos con
pelo de mujer, faldas de brocado y ramillete de rosas
en la cintura. Hay también un profesor de latín y unas
cartas que su condiscípulo ginebrino Abramovich hará

---

[18] Carlos Meneses, *Poesía juvenil de J. L. Borges,* José Oñeta
Editor, Barcelona, 1978. (Incluye 18 poemas de Borges.)

[19] Carlos Meneses, *Escritores latinoamericanos en Mallorca,*
Ediciones Cort, Palma de Mallorca, 1974. Además de estos dos
libros, Meneses publicó en la revista *Ínsula* [291 (1971), pág. 3] un
artículo donde se incluye el manifiesto ultraísta mallorquín y que
yo recogí en mi ya citado *Borges* (Epesa, Madrid, 1972).

que se publiquen en las páginas literarias de *La Feui-
lle.* A Meneses debemos la recuperación de algunos do-
cumentos muy interesantes de esa época, entre los que
está el manifiesto ultraísta que en Mallorca firman con
Borges, Jacobo Sureda, Fortunato Bonanova y Juan
Alomar. Del hotel Universal, de Palma, la familia se
traslada a Valldemosa, donde son huéspedes de Jacobo
Sureda. «Fuimos a Mallorca —escribe Borges— porque era barata, hermosa y difícilmente habría más tu-
ristas que nosotros. Vivimos casi un año en Palma y en
Valldemosa, una aldea en lo alto de las colinas.» Reco-
rrido que Borges repitió sesenta años después, con su
secretaria María Kodama, y tras la obtención del premio Cervantes. Esta vez se llegaron hasta la mágica
Deyá, refugio de escritores, y conocieron el prestigio
de *sitio de poder* junto a Robert Graves.

En Mallorca publica Borges dos poemas en la revista *Baleares,* uno de ellos firmado con una errata, y
un texto en prosa sobre una casa de tolerancia de
Palma, «Casa Elena», se publicará en esos meses en
Madrid. En un café de la ciudad se reúne Borges con
los jóvenes poetas de la isla, entre los que estaban Miguel Ángel Colomar, Jacobo Sureda, Juan Alomar, Ernesto María Detholrey, Vives, Bonanova, Vidal, y con
algunos de ellos redacta el manifiesto que se publicará
en febrero de 1921 en la revista *Baleares.* Y es también
en una imprenta de Palma donde se editará la novela
de su padre, *El Caudillo,* un libro que no escapará del
ámbito familiar. «Mi padre escribía su novela *El Caudillo,* que se remonta a los viejos tiempos de la guerra
civil de 1880 y tantos, en su Entre Ríos natal. Recuerdo
que le di algunas metáforas infames, tomadas del ex-

presionismo alemán. Él las aceptó con resignación. Imprimió unos quinientos ejemplares y los llevó consigo a Buenos Aires para repartirlos entre sus amigos. Cada vez que el término *Paraná* —el pueblo en que nació— aparecía en el manuscrito, los impresores pusieron Panamá creyendo corregir un error. Para no molestarlos, y también porque así resultaba divertido, mi padre lo dejó tal cual. Ahora me arrepiento de mis intrusiones juveniles en ese libro. Diecisiete años más tarde, poco antes de morir, me dijo que le encantaría que yo reescribiera la novela en un estilo directo, quitándole todas las finuras y preciosismos» [20].

El Madrid que pronto verá Borges estaba marcado por las tertulias literarias, apasionadas y noctámbulas. Las más famosas, las que se disputaban la celebridad eran la de Ramón Gómez de la Serna en el Pombo, y la otra la que presidía Rafael Cansinos Asséns en el Café Colonial. Quien quiera sentir de cerca lo que esa gente sentía en esas memorables tertulias que Borges no olvidó nunca, y que no tuvieron en Buenos Aires la fuerza que al menos Gómez de la Serna evoca, deberían leer la biografía que del célebre Café Pombo escribió su mantenedor [21]. Gómez de la Serna nos dejó en la *Revista de Occidente* un retrato de ese Borges adolescente que conoció junto a su hermana, y lo recordará precisamente en uno de los rojos divanes del Pombo. Los primeros poemas de Borges se publicarán esos

[20]   J. L. Borges, «Autographical notes», trad. José E. Pacheco, *La Gaceta* (X-1971).
[21]   Ramón Gómez de la Serna, *Pombo,* Editorial Juventud, Barcelona, 1960. (Edición resumida por el propio autor.)

años en las revistas que difundían el ultraísmo: *Grecia,* de Isaac del Vando Villar; *Ultra, Cervantes, Cosmopolis.* Guillermo de Torre describe esos años fervorosos para desembocar pronto en «el entusiasmo transformado en desdén y agresividad» [22]. El cambio o desengaño frente a la vanguardia española trata de explicarlo por su «innata desconfianza por todo lo que sea afirmativo, su inclinación hacia las dudas y las perplejidades, tanto estéticas como filosóficas, unido a su gusto por las lecturas clásicas que practicaba a los veinte años, no tan ortodoxas, puesto que abarcaba a los conceptistas como Quevedo y Torres Villarroel, alternadas con ciertos autores ingleses: Berkeley, sir Thomas Browne, De Quincey». Cuando un crítico francés, Charbonier, intentó que evocara esa etapa vanguardista, Borges contestó lapidario: «Creo que lo mejor sería ignorar totalmente el ultraísmo. Se trata de un movimiento literario que tuvo su origen en España: se quería imitar a Apollinaire, a Pierre Reverdy, al chileno Huidobro. Una teoría que hoy encuentro totalmente falsa, quería reducir toda la poesía a la metáfora. Y bien, yo creí, o yo intenté creer en ese credo literario. Ahora lo encuentro falso de toda falsedad». Para agregar enseguida: «Creo que este movimiento no tiene ninguna importancia, o lo que es otra forma de decir lo mismo, que sólo es importante para los historiadores de la literatura. Lo que es una manera de ser insignificante. Estoy avergonzado de haber firmado

---

[22]   Guillermo de Torre, *Pour la préhistoire ultraiste de Borges,* L'Herne, París, 1964.

sus manifiestos»[23]. Pese a la rotundidad de Borges en rechazar hoy esa etapa de sus comienzos literarios, quien desee profundizar en ella puede consultar el libro de Gloria Videla[24] y los ya citados de Carlos Meneses, que representan lo más avanzado en la investigación de una zona oscura que hasta entonces sólo Guillermo de Torre se empecinó en desvelar.

También es fruto de su estancia española el embrión de un libro de narraciones que Borges no llegaría a publicar y que tituló *Los naipes del tahúr,* y al que su autor le asignó alguna vez una supuesta influencia de Pío Baroja, probablemente apócrifa. Sólo se sabe que envió estando en Mallorca uno de esos cuentos a la revista *La Esfera,* y que fue rechazado. Gerardo Diego, compañero entonces de una misma vanguardia, recuerda su primer encuentro con ese joven argentino en una cervecería de la plaza de Santa Ana en Madrid, frente a los primeros calores, pero no logra precisar si fue en su primer viaje o en el segundo. En 1921 los Borges vuelven a Buenos Aires. Habían pasado siete años largos desde el día en que habían embarcado rumbo a la mítica Europa. El niño de quince años, aún habitante del país de los tigres y de los primeros espejos, es ya un joven de veintidós años, entusiasta de la literatura, propuesto a ser un escritor. Reencuentra su ciudad, funda y disuelve el ultraísmo argentino y busca la protección magistral de Macedonio Fernández, como

---

[23]   Del ya citado libro de entrevistas con J. L. Borges recogido por Georges Charbonier.

[24]   Gloria Videla, *El ultraísmo,* Biblioteca Románica Hispánica, Gredos, Madrid, 1963.

había tenido en Madrid la de Cansinos Asséns. «Volví a la casa primordial de la infancia», cantará en uno de los poemas de su primer libro, *Fervor de Buenos Aires* [25], cuya publicación borrará los últimos vestigios de lo que él llamó *la secta, la equivocación ultraísta*.

LOS TÚNELES DE UNA PESADILLA

> Todo sucede por primera vez,
> pero de un modo eterno.
> El que lee mis palabras
> está inventándolas.
>
> J. L. BORGES, *La Cifra*, 1981.

Primero intentamos bosquejar una breve biografía de Borges, hecha de antepasados y de infancia, de Ginebra y de España, pero al llegar al punto en que Borges retorna a su ciudad, se reencuentra con Buenos Aires y publica su primer libro de poemas, su biografía pasa a ser exclusivamente literaria. La vida estará consagrada a la construcción lenta de una obra y será ya sólo literatura, una literatura que tiene en Borges su principal personaje. Su primer poemario será también

---

[25]   J. L. Borges, *Fervor de Buenos Aires,* Buenos Aires, 1923. (En su reedición de 1969 y al incorporarlo a sus *Obras completas,* escribe Borges: «No he reescrito el libro. He mitigado sus excesos barrocos, he limado sus asperezas, he tachado sensiblerías y vaguedades y, en el decurso de esa labor a veces grata y otras veces incómoda, he sentido que aquel muchacho que en 1923 lo escribió ya era esencialmente —¿qué significa esencialmente?— el señor que ahora se resigna o corrige».)

el comienzo de una sólida relación amor-odio con la ciudad, con Buenos Aires. «Los años que he vivido en Europa son ilusorios —dirá—; yo he estado siempre y estaré en Buenos Aires.» Ciudad que hace fundar fantásticamente en una manzana del barrio de Palermo, la misma en la que se levantaba la *casa primordial de la infancia*. En el prólogo que para *Fervor de Buenos Aires* escribió su autor en 1969, evoca ese tiempo fundacional y lo compara con el de casi cincuenta años después, los dos Borges se miran uno al otro, casi como en el cuento «El otro» que escribiría más tarde. «Somos el mismo; los dos descreemos del fracaso y del éxito, de las escuelas literarias y de sus dogmas; los dos somos devotos de Schopenhauer, de Stevenson y de Whitman. Para mí *Fervor de Buenos Aires* prefigura todo lo que haría después. Por lo que dejaba entrever, por lo que prometía de algún modo, lo aprobaron generosamente Enrique Díez-Canedo y Alfonso Reyes. Como los de 1969, los jóvenes de 1923 eran tímidos. Temerosos de una íntima pobreza, trataban, como ahora, de escamotearla bajo inocentes novedades ruidosas. Yo, por ejemplo, me propuse demasiados fines: remedar ciertas fealdades (que me gustaban) de Miguel de Unamuno, ser un escritor español del siglo diecisiete, ser Macedonio Fernández, descubrir las metáforas que Lugones ya había descubierto, cantar un Buenos Aires de casas bajas y, hacia el poniente o hacia el sur, de quintas con verjas. En aquel tiempo, buscaba los atardeceres, los arrabales y la desdicha; ahora, las mañanas, el centro y la serenidad.»

Un año después de la aparición de ese primer libro de Borges y de otro libro renovador: *Veinte poemas*

para ser leídos en el tranvía[26], de Oliverio Girondo,
aparece una revista que sería muy importante en la literatura argentina, la revista *Martín Fierro,* dirigida
por un poeta modernista, discípulo de Rubén Darío,
Evar Méndez, y cuya vida se extendería hasta 1927.
En la revista se confundirán los poemas de los últimos
modernistas con los restos del ultraísmo y otras co-
rrientes innovadoras. Un mismo espíritu, que no una
tendencia, unirá los dispares nombres de Ricardo Güi-
raldes, el autor de *Don Segundo Sombra,* el de Alberto
Hidalgo, Macedonio Fernández, Keller Sarmiento,
Leopoldo Marechal, Girondo y Borges. Pese a la apa-
riencia confusa de su nombre, la revista no defiende la
poesía gauchesca, ni trata de enlazar con las formas de
la literatura del diecinueve. Sus condicionamientos
son europeos, aunque los temas nacionales estén muy
presentes en algunos de sus miembros, sobre todo en
Borges. Córdova Iturburu lo explicó así: «No hay inquietud, ni desazón, ni descontento, ni siquiera males-
tar económico, por lo menos en grado considerable.
No están planteados problemas de fondo, nada en el
orden político tiene suficiente fuerza para galvanizar a
la juventud, empujarla a la lucha y sembrar la semilla
de la insurrección política en su obra literaria»[27]. De
ahí que la *revolución* martinfierrista sólo fuera un in-
tento de subvertir los valores literarios. «Las guerri-
llas no iban nunca más allá del plano estético», insis-

---

[26]   Oliverio Girondo, *Obras completas,* prólogo de Enrique
Molina, Losada, Buenos Aires, 1968.
[27]   Córdova Iturburu, *La revolución martinfierrista,* Ediciones
Culturales Argentinas, Buenos Aires, 1962.

tirá el poeta Carlos Mastronardi [28]. Las preocupaciones políticas de Borges eran ya casi nulas. En su prehistoria ultraísta estaban aquellos fervorosos poemas de *Salmos Rojos,* sobre todo «Rusia» y «Gesta maximalista», donde se cantaba a la revolución rusa. El poeta tenía veinte años y la revolución era un mito aún caliente. Más tarde simpatizó con el radicalismo, una especie de socialdemocracia alentada por Hipólito Yrigoyen, dos veces presidente de la República. Recordemos aquel verso de «Fundación Mitológica de Buenos Aires»: *«El corralón seguro ya opinaba: Yrigoyen».* Pero de todas maneras, ser radical en ese tiempo no era una forma contestataria muy profunda, ya que el partido radical estaba en el poder, con el presidente Alvear en el gobierno, un demócrata europeísta de linaje patricio.

El martinfierrismo nacía desprovisto de una ideología política, y sólo varios años después daría la división de los dos célebres grupos de Florida y Boedo, conservador el primero y socialista el segundo, división que Borges consideró una parodia amistosa de los bandos aguerridos que dividían a Europa. Lugones, como abanderado del modernismo y, por qué no decirlo, abanderado también de la política más reaccionaria que cuestionaba incluso el sufragio universal, fue el blanco preferido de los ataques y burlas martinfierristas. Aunque sin ahorrarle algunos elogios, ni negándole su inobjetable talento de escritor. Incluso algunos versos juveniles de Lugones son aplaudidos («Donde

---

[28]   Carlos Mastronardi, *El movimiento de «Martín Fierro»,* Centro Editor de América Latina, Buenos Aires, 1968, cap. 39.

embravece el sol cóleras de oro» o «Y muera como un tigre el sol eterno»). Lugones es también el paladín de la rima ante una juventud versolibrista, y con cierto sarcasmo ataca a los jóvenes que tragaron «el anzuelo de Simón el Bobito».

Las influencias martinfierristas saltan a Europa, Apollinaire, Max Jacob, Reverdy, Cocteau, Morand, Rimbaud, y el norteamericano Walt Whitman. Curiosamente muy poco influyen los escritores españoles, y casi se ignora a dos grandes vanguardistas como Vicente Huidobro y Marinetti, que tanto habían influido en los ultraístas y creacionistas españoles. Pero Borges escribirá entonces una poesía alejada de la vanguardia, siguiendo un poco la idea que el argentino Esteban Echeverría tenía sobre cómo debía ser la literatura de su país: «Hay que tener un ojo puesto en la inteligencia europea y el otro clavado en las entrañas de la patria».

Fervor de Buenos Aires, primero, *Luna de enfrente* y *Cuaderno San Martín,* después, nos demuestran esa lealtad de Borges al enunciado de Echeverría. El redescubrimiento de su ciudad y de su país será el trasfondo fundamental de los primeros libros, en los que algunos críticos creen encontrar aún destellos del ultraísmo. El fanatismo *ultra* de Guillermo de Torre le hace verlos incluso en su obra más madura. Sin embargo, un análisis desapasionado nos llevaría a afirmar que el divorcio entre la teoría y la obra de Borges es en esos años total. En el transcurso de esos años Borges vuelve a viajar a Europa, exactamente en 1923, el año de la aparición de *Fervor de Buenos Aires.* El nuevo viaje se inicia en Londres, continuando con París y

Madrid. Los Borges visitan Mallorca y el sur de España, Sevilla y Granada. Su libro había logrado cierta repercusión en Madrid, y de él escriben Gómez de la Serna y Díez-Canedo. Al regresar a Buenos Aires edita una colección de ensayos, de la que más tarde se arrepentirá, titulada *Inquisiciones*. El libro es hoy una auténtica rareza bibliográfica, al que sólo es posible consultar en alguna importante biblioteca británica, porque Borges se negó a reeditarlo siempre. Alicia Jurado, antigua amiga de Borges y autora de un libro biográfico sobre nuestro escritor, reproduce un fragmento del prólogo, en el que Borges dice: «Este que llamo *Inquisiciones* (por aliviar alguna vez la palabra de sambenitos y humaredas) es ejecutoria parcial de mis veinticinco años. El resto cabe en un manojo de salmos, en *Fervor de Buenos Aires* y en un cartel que las esquinas de Callao publicaron. Allá esos borradores y el que verás. Veinticinco años: una haraganería aplicada a las letras. Yo no sé si hay literatura, pero yo sé que el barajar esa disciplina posible es una urgencia de mi ser» [29]. Cuando Borges se refiere a «un manojo de salmos» es a los poemas ultraístas ya referidos, y «un cartel» alude a la revista mural *Prismas* que él fundó con un grupo de jóvenes poetas al regresar de Europa en 1921. Los temas de aquel libro eran exclusivamente literarios y, según puede leerse en el índice recogido en varias bibliografías [30], los nombres de Joyce, sir Thomas

---

[29]   Alicia Jurado, *Genio y figura de Jorge Luis Borges,* Eudeba, Buenos Aires, 1964.
[30]   Horacio Jorge Becco, *Jorge Luis Borges. Bibliografía total (1923-1973),* Casa Pardo, Buenos Aires, 1973.

Browne, Quevedo o Unamuno, aparecen mezclados con los de los amigos próximos: Norah Lange, Cansinos Asséns, González Lanuza. Alicia Jurado, que tuvo acceso a un ejemplar, escribió que los ensayos de *Inquisiciones* «están escritos con originalidad, entusiasmo y no poca pedantería. A los veinticinco años, cuando es natural creer que se descubren por primera vez las cosas, el entusiasmo y la pedantería son atributos normales; la originalidad ya lo es menos, y en este caso presagia agradablemente el futuro». Es curioso observar cómo muchos de los temas de *Inquisiciones* se repetirán a lo largo de toda su obra, incluso en sus últimos libros de poemas, *Historia de la noche* o *La Cifra*.

En 1927, con el fin de la revista *Martín Fierro* y el divorcio total de Borges con el ultraísmo, acaba una época borgeana. Un año antes había publicado un segundo libro de ensayos, igualmente desterrado de su bibliografía moderna, titulado *El tamaño de mi esperanza,* donde estudiaba autores como Góngora, Milton, Wilde, la literatura gauchesca, Evaristo Carriego y las coplas criollas. Dos años después, *Cuaderno San Martín,* su tercer poemario. El último libro de poesía de su primera etapa, el que iba a preceder un largo silencio que sólo se rompería en 1967 con la publicación de *El otro, el mismo,* un libro voluminoso donde reunió toda su producción posterior.

En 1925 tendrán lugar también dos encuentros importantes, la ruidosa llegada de Marinetti a Buenos Aires y el comienzo de la que sería una importante amistad: Victoria Ocampo. Por su parte, *Cuaderno San Martín* obtiene en 1929 un segundo premio de la Municipalidad de Buenos Aires, consiguiendo el primero un nombre hoy desconocido.

Atrás los primeros intentos juveniles, lejos de la frustrada vanguardia o del mero remedo «martinfierrista», encontramos a Borges en los umbrales de los treinta años, próximo a la primera madurez, consciente de la necesidad de encontrar el acento de su personalidad, disgregado hasta entonces nebulosamente. Corre ya 1930, año de grandes convulsiones sociales en Argentina, y Borges publica un libro clave en su evolución, el *Evaristo Carriego*. Carriego fue un poeta legendario, pero no por ello bien conocido fuera de su país, que se prestaba como cualquier otro personaje literario para encarnar ese otro personaje literario, totalmente fantástico, que Borges quería crear. Carriego había sido amigo de su padre y recordaba Borges de él haberlo visto subir a su casa muchas tardes. Lo había visto, lo había tenido cerca, era una sombra familiar que él ofrecía a la ficción. La timidez de Borges, sus reservas para entrar de lleno en una narrativa sin apoyaturas reales, le obliga a escribir una biografía ensayística, a crear una personalidad y una historia que sin duda ennoblece al Carriego real. Son estos años intensos en la vida de Borges, escribe mucha crítica literaria, colabora en la recién fundada revista *Sur* que dirige su amiga Victoria Ocampo, quien le presentará a Adolfo Bioy Casares, el que sería uno de sus grandes amigos y colaborador importante.

En una popular revista femenina, *El Hogar,* aparecerá una sección fija escrita por Borges titulada «Libros y Autores extranjeros», labor articulística que extenderá después a un diario también muy popular,

Crítica de Buenos Aires[31], hitos de un proceso que culminará con la publicación de *Historia universal de la infamia* en 1935. De ese libro dice el propio autor: «Son el irresponsable juego de un tímido que no se animó a escribir cuentos y que se distrajo en falsear y tergiversar (sin justificación estética alguna vez) ajenas historias». Dos años antes, en 1933, la revista *Megáfono* de Buenos Aires publica un número monográfico dedicado a Borges, la lectura de esas colaboraciones hace pensar que Borges a los treinta y cuatro años era ya un autor conocido y sobre todo polémico, como seguiría siéndolo a lo largo de toda su dilatada vida. El número de *Megáfono* se titulaba «Discusión alrededor de Borges», y es el anticipo de lo que vendrá después, una interminable discusión que hace que Borges no sea jamás un escritor que provoque la indiferencia, por el contrario, es fuente de amores y admiraciones desme-

---

[31]   El diario *Crítica,* propiedad de Natalio Botana, fue uno de los más poderosos medios de comunicación de América del Sur. Competía con los conservadores *La Nación* y *La Prensa* desde un populismo cultural. El trabajo de Borges en el «imperio Botana» fue el de coordinar un suplemento cultural llamado *Revista multicolor de los sábados,* que se enfrentaba al suplemento literario que Eduardo Mallea llevaba en *La Nación.* Borges no sólo coordinaba y escribía, sino que también es el autor de traducciones de Chesterton, Kipling, Wells, Gustav Meyrink, Swift, Novalis y Frazer. En *Crítica* se publicará también por primera vez «El Hombre de la esquina rosada» que, según Emir Rodríguez Monegal, es la ampliación de una anécdota titulada «Hombres peleando» que Borges incluye en el libro *El idioma de los argentinos* (1928) y que nunca reimprimió. Para mayores datos sobre esta época es recomendable el capítulo «The Yellow literary press», del ya citado trabajo monográfico de Monegal.

didas o de odios y repulsas igualmente fanáticas. «Yo prefiero que me quieran o que me odien, pero los que no me gustan son los tibios», me confesó alguna vez Borges en alguna de las múltiples entrevistas que hemos tenido en este o en el otro lado del Atlántico.

Pero volvamos al tiempo de *Megáfono,* a esos años que no fueron, pese a lo activos, años felices. En un prólogo a *Historia universal de la infamia* Borges los describe como poco felices: «El hombre que lo ejecutó era asaz desdichado». Alicia Jurado conjetura que esa desdicha se relaciona con una mujer a la que el escritor dedica el libro *I. J.*[32] *English, innumerable and an Angel,* y a quien ofrece: «The central heart that deals not in words, traffics not with dreams and is untouched by time, by joy, by adversities». («El corazón central que no utiliza palabras ni trafica con sueños y al que no tocan el tiempo, la alegría, las adversidades.») Alicia Jurado llega aún a suponer que es la misma mujer a la que está dedicado un poema en inglés escrito en 1934, sin título, y que comienza con las palabras «What can I hold you with?» (incluido en *El otro, el mismo* como el segundo de los *Two English Poems),* cuya última estrofa es el siguiente ofrecimiento:

> I can give my loneliness, my darkness, the hunger of my heart; I'am trying to bribe you with uncertainy, with danger, with defeat. («Puedo darte mi soledad, mis tinieblas, el hambre de mi corazón; estoy tratando de sobornarte con la incertidumbre, el peligro y la derrota.»)

---

[32] A partir de la reedición de Emecé, en 1958, estas iniciales se han convertido en S. D.

«Me he preguntado más de una vez —dice Alicia Jurado— si fueron aceptados esa dádiva dolorosa y ese amargo cohecho; si la desconocida supo qué soledad, qué tinieblas, qué hambre de corazón eran esas que rechazaba; si, por el contrario, se arriesgó a la incertidumbre y al peligro y recibió la derrota.»

Pero las desdichas no sólo llegaban por el camino del amor. En 1938 muere Jorge Guillermo Borges, su padre, y a los treinta y nueve años debe buscar su primer empleo, que será el de auxiliar en una biblioteca municipal. Padece de insomnio y su vista es ya bastante deficiente. El poema que abre *El otro, el mismo* se titula «Insomnio» y está fechado en Adrogué, en la casa de recreo que los Borges poseían, en 1936:

> El universo de esta noche tiene la vastedad
> del olvido y la precisión de la fiebre.

Otro fragmento es premonitorio de algunos de sus cuentos más importantes:

> Creo esta noche en la terrible inmortalidad:
> ningún hombre ha muerto en el tiempo, ninguna
>   [mujer,
>   ningún muerto,
> porque esta inevitable realidad de fierro y de barro
> tiene que atravesar la indiferencia de cuantos estén
>   [dormidos
>   o muertos,
> aunque se oculten en la corrupción y en los siglos
> y condenarlos a la vigilia espantosa.
> Toscas nubes color borra de vino inflamarán el cielo;
> amanecerá en mis párpados apretados [33].

---

[33]   El poema reproducido se publicó por primera vez en la revista *Sur,* en su número de diciembre de 1936, y se incluyó más

El mismo año que pierde a su padre, en la Navidad de 1938, sufre un gravísimo accidente que lo mantuvo varias horas en el límite mismo entre la vida y la muerte. Subiendo una escalera de una casa de Buenos Aires, en la que no funcionaba el ascensor, su mala vista no le permitió advertir una ventana de ventilación que estaba abierta, y recibió un terrible golpe en la cabeza. Siguieron al accidente tres angustiosas semanas de fiebre alta y delirios, poblados de horribles visiones que referirá después en un relato: *El Sur.* Más tarde lo operaron, y durante la larga convalecencia, Borges comienza a dictar su primer relato fantástico: *Tlön, Uqbar, Orbis Tertius.* Extrañamente, la peligrosa experiencia sufrida parece haber sido el impulso definitivo que decidió al escritor y que ayudó a Borges a encontrarse con el otro Borges, el que se iría dibujando lentamente en el paisaje literario para asumir, al fin, una fuerza y una consistencia singular, que lo harían uno de los más grandes escritores contemporáneos y un auténtico redentor de la lengua castellana en tiempo de absoluta penuria. Pero, pese a su creciente fama, la vida de Borges era monótona y casi gris: «Mi vida cotidiana —dice— no concordaba con la supuesta reputación de buen escritor, era una vida curiosamente anónima y fastidiosa». Como bibliotecario en un barrio alejado del centro, ganaba doscientos pesos, un sueldo precario que las presiones amistosas hicieron ascender a doscientos cuarenta, con la condición

---

tarde en su recopilación de poemas de 1943. Mientras que el cuento que presumiblemente provoca, *Funes el memorioso,* se publica por primera vez en el suplemento literario de *La Nación,* el 7 de junio de 1942.

expresa de la superioridad: «De no oír hablar más de ese Borges». Pese a tratarse de una biblioteca («yo que me imaginé el paraíso en forma de biblioteca»), el trabajo era vulgar y rutinario. Algunos hechos reales están presentes en su cuento *La biblioteca de Babel:* «Mis únicas ventajas eran las lecturas de los libros de Léon Bloy, que me gustaban, y los de Paul Claudel, que no me gustaron tanto». La leyenda dice que fue en esa época en la que leyó la *Divina Comedia* en el tranvía que lo desplazaba desde su casa hasta el barrio de Almagro, donde estaba su trabajo. De todas formas es muy posible que se tratase de una relectura más detenida. En un artículo publicado en un periódico de Madrid, dice Borges: «Muchas veces he leído la *Divina Comedia.* Yo no sé italiano. Nunca estudié ese hermoso idioma. Pero con Dante aprendí mucho italiano. Después fue Ariosto el que me enseñó también cuando leí *Orlando el furioso.* Fueron dos magníficos maestros. Como ya señalé, he leído muchas veces la *Comedia,* a través de distintas ediciones, y he estudiado los diversos comentarios...»[34].

En 1940 Borges asiste como testigo a la boda de dos grandes amigos, Adolfo Bioy Casares y Silvina Ocampo, y ese mismo año aparece una *Antología de la literatura fantástica* firmada por los tres. Al año siguiente reincidirán con una *Antología de la poesía argentina.* Pero el cuarenta y uno es muy importante, porque es el año de la publicación de *El jardín de los senderos que se bifurcan,* primera recopilación narra-

---

[34] «Los diálogos de Borges. La fe poética del Dante», en *Sábado Cultural* del diario *ABC* (13-II-1982).

tiva que posteriormente integrará *Ficciones,* y que es presentada al premio Nacional de Literatura sin obtener ningún éxito para gran escándalo en el mundo literario argentino. El hecho provoca un número de desagravio a Borges que publica la revista *Sur,* y en el que colaboran Eduardo Mallea, Francisco Romero, Pedro Henríquez Ureña, Amado Alonso, Eduardo González Lanuza, Samuel Eichelbaum, Adolfo Bioy Casares, Enrique Anderson Imbert, Carlos Mastronardi, Enrique Amorim, Ernesto Sábato y otros escritores latinoamericanos [35]. Este número de *Sur* debe considerarse como el principio del reconocimiento generalizado del talento de Borges, y de las después reiteradas denuncias que diversos tipos de injusticia justificarían. El gobierno argentino de aquellos años, además de ignorar olímpicamente la cultura, iría demostrando su desprecio por la inteligencia y su entusiasmo desmedido por las dictaduras que entonces florecían en Europa, la Europa de Hitler, Mussolini y Francisco Franco. Durante la guerra civil española, hecho que como en casi todo el mundo civilizado había conmovido a la opinión pública argentina, tan ligada a España, Borges se había manifestado muchas veces partidario de la república y de la legalidad vigente antes del pronunciamiento militar del 36 que provocaría la guerra. Así como se mostró enemigo de los totalitarismos de derechas y del que José Stalin presidía en la Unión Soviética. Esta actitud pro aliada,

---

[35] *Sur,* 94 (Buenos Aires, 1942). Desagravio a Jorge Luis Borges.

de evidentes simpatías a Inglaterra y a Francia, era muy mal vista por los grupos nacionalistas argentinos de inspiración integrista que dominaban los distintos gobiernos que se sucedieron esos años [36]. Había además en Borges un espíritu cosmopolita, el mismo que ejercieron Darío en su tiempo y Octavio Paz entre sus contemporáneos, que necesariamente tenía que reaccionar contra el provincianismo y el nacionalismo, esencialmente retrógrados, que no sólo se alimentaban de la derecha totalitaria sino que también existían entre los partidarios de un populismo izquierdista que sobrevaloraba el folclore, la literatura supuestamente regional, e incluso cierto indigenismo incomprensible en una sociedad de emigrados europeos totalmente divorciada de los restos de la población aborigen como era, y es hoy, la sociedad argentina. En aquel número memorable de *Sur,* el poeta Eduardo González Lanuza escribía: «Lamento tener que decir que este fallo me parece honesto; que la exaltación del aguachirlismo y de la subliteratura no es el resultado de una injusticia, sino de una íntima convicción. Los señores del jurado serían dignos de un premio de virtud, por la entereza con que mantuvieron su propio parecer por encima de

---

[36]   Uno de los artículos más virulentos de Borges se publicó en la revista *El Hogar* el 13 de diciembre de 1940, en plena guerra, titulado «Definición de la germanofilia», donde dice que los germanófilos no aman a Alemania, desconocen a Holderlin, a Schopenhauer, a Leibnitz, son antisemitas sin percatarse que los judíos son también alemanes, etc. Este artículo provoca las iras de los pronazis argentinos, que lo acusan de ser descendiente de judíos conversos portugueses, cosa que Borges termina aceptando como un honor.

toda vana consideración literaria». Por su parte Manuel Peyrou escribía: «Yo hubiera preferido para él
algo más original: hubiera preferido que le otorgaran
el premio de Literatura. Es cierto que entonces algún
escéptico sobre la infalibilidad de la Comisión hubiera podido dudar de su talento, pero a Borges le hubiera quedado, por lo menos, el consuelo del premio
en efectivo». Por último, Bioy Casares afirmaba con
rotunda ironía: «El voto de Mallea y estas notas que
publica *Sur* advertirán a la posteridad que la Argentina, en 1942, no era un desierto poblado por miembros de la Comisión Nacional de Cultura». Con la
perspectiva que nos dan los cuarenta años transcurri-
dos desde aquel lamentable suceso, y el reconocimiento universal de la literatura del entonces despre-
ciado autor, las palabras de Bioy son afortunadamente
visionarias.

El desagravio a Borges se completó con la conce-
sión del Gran Premio de Honor de la Sociedad Argentina de Escritores, creado especialmente para Borges y
otorgado en 1944 coincidiendo con la publicación de
Ficciones. Que sean las palabras de Borges recordando
ese tiempo en una conversación con María Esther Vázquez las que nos ilustren: «No recuerdo bien los cuentos porque confundo fácilmente *Ficciones* y *El Aleph.*
Pero supongo que no están mal. *El Aleph* es un cuento
que me gusta. Me acuerdo que mi familia se había ido
a Montevideo; yo estaba solo en Buenos Aires y lo escribía riéndome, porque me causaba mucha gracia. Y
luego hubo otro cuento, que se llama *Las ruinas circu-
lares,* con el que me ocurrió algo que no me ha sucedido nunca. Ocurrió por única vez en mi vida, y es que

durante la semana que tardé en escribirlo (lo cual en mi caso no significa morosidad, sino rapidez) yo estaba como arrebatado por esa idea del soñador soñado. Es decir, yo cumplía mal con mis modestas funciones en una biblioteca del barrio de Almagro; veía a mis amigos, cené un viernes con Haydee Lange, iba al cinematógrafo, llevaba mi vida corriente y al mismo tiempo sentía que todo era falso, que lo realmente verdadero era el cuento que estaba imaginando y escribiendo, de modo que si puedo hablar de la palabra inspiración, lo hago refiriéndome a aquella semana, porque nunca me ha sucedido algo igual con nada» [37]. Hablando con Richard Burgin comenta: «En una historia como *El inmortal* hice lo posible por ser grandioso, mientras que *Emma Zunz* es una historia oscura, una historia muy gris, e incluso el nombre Emma fue escogido porque pensé que era particularmente feo, aunque no fuese horroroso, ¿no?, y el apellido Zunz es un apellido pobre, ¿verdad? Recuerdo que yo tenía una gran amiga llamada Emma y que me dijo: "Pero ¿por qué ha puesto mi nombre a esa horrible chica?". Y claro, no le pude decir la verdad, pero la verdad era que, cuando escribí el nombre de Emma con las dos emes y Zunz con las dos zetas, intentaba conseguir un nombre feo y a la vez desprovisto de brillantez, y había olvidado por completo que era el nombre de una amiga» [38].

Pero los años duros llegaban no sólo para Borges,

---

[37]   María Esther Vázquez, *Borges: imágenes, memorias, diálogos,* Monte Ávila, Caracas, 1977.
[38]   Del ya citado Richard Burgin, *Conversaciones con J. L. B.*

sino para todo el país. Mejor dicho, los años duros no habían dejado de serlo desde 1930. El 17 de octubre de 1945 marcó la asunción al poder del peronismo. Borges, que había sido enemigo de los distintos gobiernos militares anteriores de inspiración germanófila, lo era también del que capitaneaba un admirador ferviente de Benito Mussolini. El triunfo electoral del general Perón significará para Borges su destitución, ya que el nuevo gobierno municipal ordena sea transferido de su puesto de bibliotecario al de inspector de aves en venta en los mercados públicos. Obligado a renunciar, escribe el texto de su dimisión con gran sentido del humor y declarándose incompetente para el nuevo cargo. Con esta burda humillación al más grande de los escritores que contaba el país, el nuevo gobierno demostró que estaba mucho más cerca de la barbarie que de la civilización, siguiendo la vieja disyuntiva que uno de los grandes intelectuales que tuvo Argentina, Domingo Faustino Sarmiento, puso como subtítulo a su *Facundo*. Algunos diarios de Buenos Aires publicaron la renuncia y el poeta Roberto Ledesma organizó un banquete en honor del frustrado inspector de aves, al que concurrieron los amigos incondicionales de siempre. Ledesma recitó unos versos definitorios del hombre:

> Este que va como tanteando un muro
> pero que tan centrado está en su centro,
> es como el fruto cuando está maduro,
> tierno por fuera, pero firme dentro.

Borges agradeció aquella muestra de solidaridad y cariño con palabras valientes en aquellas horas, palabras que le costarían más tarde más disgustos: «Las dictaduras —decía— fomentan la opresión, las dictaduras fomentan el servilismo, las dictaduras fomentan la crueldad; más abominable es el hecho de que fomentan la idiotez. Botones que balbucean imperativos, efigies de líderes, vivas y mueras prefijados, muros exornados de nombres, ceremonias unánimes, la mera disciplina usurpando el lugar de la lucidez... Combatir esas tristes monotonías es uno de los muchos deberes de un escritor» [39]. La humilde labor de bibliotecario de barrio se verá inmediatamente reemplazada por la de conferenciante, venciendo su timidez comienza a dar conferencias en distintas instituciones privadas de su país y del Uruguay. El poeta argentino Lysandro Galtier presenció cómo Borges se ayudó de algunas copas de ginebra, bebidas de un trago, para animarse a hablar en público por primera vez. Paralelamente es nombrado director de la revista *Anales de Buenos Aires,* donde tendrá la oportunidad de publicar el primer cuento de Julio Cortázar. Ese mismo año de 1946 publicará dos obras escritas en colaboración con Adolfo Bioy Casares bajo seudónimos distintos, *Dos fantasías memorables,* y con el nombre de B. Suárez Lynch, *Un modelo para la muerte.* Al año siguiente aparece su libro de ensayos *Nueva refutación del tiempo.* Pero es en 1949 cuando aparece *El Aleph,* su libro de cuentos más

---

[39]   Palabras pronunciadas por Borges en la comida que le ofrecieron los escritores argentinos, recogidas en la revista *Sur,* 142 (1946).

popular junto con *Ficciones*. Las reacciones fueron unánimes, Alfonso Reyes ya había escrito que «Jorge Luis Borges era uno de los escritores más originales y profundos de Hispanoamérica»[40], y por su parte Ernesto Sábato había acumulado todos estos calificativos para definirlo: «arbitrario, genial, tierno, relojero, débil, grande, triunfante, arriesgado, temeroso, fracasado, magnífico, infeliz, limitado, infantil, inmortal»[41]. Mucho más tarde André Maurois, prologando una antología de sus cuentos traducida al inglés, diría: «Es un gran escritor que sólo ha compuesto breves ensayos o cuentos cortos. Bastan, sin embargo, para que lo llamemos grande, a causa de su maravillosa inteligencia, su riqueza de invención y su estilo conciso, casi matemático. Argentino por su nacimiento y su temperamento, pero nutrido de la literatura universal, Borges no tiene patria espiritual. Crea, fuera del tiempo y del espacio, mundos imaginarios y simbólicos. Es síntoma de su importancia que, al intentar situarlo, sólo vienen a la mente obras extrañas y perfectas. Se parece a Kafka, a Poe, a veces a Henry James, a Wells, siempre a Valèry por la brusca proyección de sus paradojas en lo que se ha dado llamar "su metafísica privada"»[42].

En esos años es elegido presidente de la Sociedad Argentina de Escritores, en los difíciles momentos en que este sindicato de escritores era considerado ene-

---

[40] Alfonso Reyes, *Tiempo* (30-VII-1943).

[41] Ernesto Sábato, *Sur,* 94 (1942).

[42] André Maurois, «Prólogo» a *Labyrinths,* New Direction, Nueva York, 1962.

migo del régimen peronista imperante en Argentina. Como conocieron los españoles durante el franquismo, las conferencias de Borges eran vigiladas por un «delegado gubernativo» o policía secreta. Y mientras Manuel Mújica Láinez traduce los sonetos de Shakespeare para olvidarse de Perón, Borges comienza a estudiar la antigua literatura anglosajona desde la cátedra de literatura inglesa que ocupa en una institución privada, la Asociación Argentina de Cultura Inglesa. Los años de la dictadura peronista obsesionaron mucho a Borges, su madre y su hermana fueron detenidas tras una manifestación de mujeres antifascistas. La prisión de Norah, que sólo duró un mes, fue un auténtico drama familiar, que Borges evocó varias veces: «Mi hermana fue enviada con algunas amigas a una cárcel de prostitutas con objeto de humillarla. Ella logró pasarnos una carta. No sé cómo lo logró. Decía que la prisión era un lugar precioso, que todo el mundo era muy amable, que estar en prisión era un descanso, que tenía un patio bellísimo, blanco y negro como un tablero de ajedrez. La verdad es que utilizó tales epítetos que no tuvimos más remedio que pensar que se encontraba en una terrible mazmorra» [43]. En otro pasaje de la misma conversación con Richard Burgin dice: «Cuando se tiene dolor de muelas, cuando se tiene que ir al dentista, lo primero que se piensa cuando se despierta por las mañanas es ese problema, pero durante diez años —claro, yo tenía mis problemas personales también—, pero du-

---

[43]   El ya citado *Conversaciones con J. L. Borges,* de Richard Burgin.

rante aquellos diez años lo primero que pensaba al des-
pertarme era: "Perón está en el poder"». En su poesía
quedarán también algunas huellas de esa época, y un
recuerdo a las *épicas lluvias de septiembre* que prece-
dieron la revolución que derrocó a Perón en 1955. La
revolución, llamada libertadora, que presidieron los
generales Lonardi, primero, y Aramburu, después
—este último fue asesinado años más tarde por la entonces incipiente guerrilla urbana—, designa a Borges
director de la Biblioteca Nacional. Ese mismo año es
recibido en la Academia Argentina de Letras y se le
concede una cátedra de literatura inglesa en la Universidad de Buenos Aires. Tras la humillación, el reconocimiento oficial: doctor honoris causa de la Universidad de Cuyo, premio Nacional de Literatura en 1956.
Pero junto con «los libros, la noche», los médicos le
prohíben leer y escribir ante el indefectible avance de
su ceguera. La edición ordenada de sus *Obras completas* y las numerosas traducciones a todas las lenguas
cultas marcan la internacionalización de su prestigio
que pronto haría que le propusieran para el Premio Nobel de Literatura, que nunca llegó a obtener por las razones políticas aducidas por su, sin embargo, traduc-
tor, el sueco Artur Lundqvist.

La memoria del olvido

> Sé que una cosa no hay. Es el olvido;
> sé que en la eternidad perdura y arde
> lo mucho y lo precioso que he perdido:
> esa fragua, esa luna y esa tarde.
>
>   J. L. Borges

En *Historia de la eternidad*[44] y en *Nueva refutación del tiempo*[45] expone Borges sus ideas acerca del tiempo. «El hombre vive en el tiempo, en la sucesión, y el mágico animal, en la actualidad, en la eternidad del instante», pensaba el Juan Dahlmann de su relato *El Sur,* mientras acariciaba a un viejo gato que había conocido a Hipólito Yrigoyen. «Es sabido que la identidad personal —diría Borges— reside en la memoria y que la anulación de esa facultad comporta la idiotez. Cabe pensar lo mismo del universo. Sin una eternidad, sin un espejo delicado y secreto de lo que pasó por las almas, la historia universal es tiempo perdido, y en ella nuestra historia personal.» Ese ejercicio tenso que va de la memoria al olvido está presente no sólo en los numerosos ensayos borgeanos, sino también en su narrativa y en su poesía. Recordemos que los cuentos de Borges no son cuentos de «personajes», el personaje no perdura. Parodiando una frase de nuestro escritor referida a Flaubert, podemos afirmar que en la obra de Borges ninguna criatura es tan real como el mismo Borges.

---

[44]   *Historia de la eternidad,* Buenos Aires, 1936. (Hay edición española.)
[45]   *Nueva refutación del tiempo,* Buenos Aires, 1947.

De entre los numerosos relatos borgeanos donde el tema del tiempo es analizado, sería interesante detenernos un instante en *Pierre Menard, autor del «Quijote»* y en *Funes el memorioso.* Del primero, en el que se narra la aventura literaria de una nueva escritura del *Quijote,* dice Borges: «Ahí habría un poco la idea de que no inventamos nada, de que se trabaja con la memoria, o para hablar de una manera más precisa, que se trabaja con el olvido». El creador estaría produciendo, consciente o inconscientemente, un libro vano, del que podríamos deducir incluso la inutilidad última de la literatura, la idea de que los libros son demasiados, «de que es una falta de cortesía o de cultura atestar las bibliotecas con libros nuevos». Los libros acabarían siendo el gran problema, nuestro gran problema, como en el cuento de Cortázar *Fin del mundo del fin.* En su ensayo «La flor de Coleridge», incluido en *Otras Inquisiciones,* Borges justifica indirectamente la pasión quijotesca de su personaje —que inevitablemente se le parece— cuando dice: «Una observación última. Quienes minuciosamente copian a un escritor, lo hacen impersonalmente, lo hacen porque confunden a ese escritor con la literatura, lo hacen porque sospechan que apartarse de él en un punto es apartarse de la razón y de la ortodoxia. Durante muchos años, yo creí que la casi infinita literatura estaba en un hombre. Ese hombre fue Carlyle, fue Johannes Becher, fue Whitman, fue Rafael Cansinos Asséns, fue De Quincey» [46]. Con

---

[46]   J. L. Borges, *Otras Inquisiciones,* Emecé, Buenos Aires, 1952. (Hay edición española.)

Carlyle, justamente, cierra el ensayo del mismo libro *Magias parciales del «Quijote»,* en el que insiste: «¿Por qué nos inquieta que don Quijote sea lector del *Quijote* y Hamlet espectador de *Hamlet?* Creo haber dado con la causa: tales inversiones sugieren que si los caracteres de una ficción pueden ser lectores o espectadores, nosotros sus lectores o espectadores podemos ser ficticios. En 1883 Carlyle observó que la historia universal es un infinito libro sagrado que todos los hombres escriben y leen y tratan de entender, y en el que también los escriben». Leer y escribir, dos ejercicios aparentemente opuestos, se confunden con la renovada experiencia del texto sometido al ojo cambiante del lector. Toda lectura implica para Borges una recreación. En una entrevista que me concedió hace unos años Borges decía: «Para mí el *Quijote* fue siempre aquel libro que leí de niño, ese ejemplar y no otro, con aquellas ilustraciones. En el comercio con aquel volumen, y no con otro, estaba mi imagen del *Quijote».* Como es evidente, Borges marca la diferencia entre Cervantes y Menard, la singularidad de cada escritura y, lo que es lo mismo, de cada lectura.

En *Funes el memorioso* tenemos el caso inverso, Funes tiene una memoria prodigiosa, «tan perfecta que las generalizaciones le están prohibidas». Muere muy joven, agobiado por su memoria, que sólo podría soportar un dios, «un precursor de los superhombres, un Zarathustra cimarrón y vernáculo». Funes afirmaba: «Más recuerdos tengo yo solo que los que habrán tenido todos los hombres desde que el mundo es mundo. Mis sueños son como las vigilias de ustedes». Pero nuestro personaje no era sin embargo capaz de pensar, porque «pensar es abstraerse, es olvidar diferencias, es generalizar». En Funes sólo había detalles inmediatos. El pasado de Funes es un presente simultáneo al otro presente que también está registrando. «No sólo podía reconstruirlo todo —dice Borges—, sino que estaba obligado a hacerlo, es decir, no podía desembarazarse del peso del universo.» El escritor explica el cuento como el resultado de noches de insomnio, ya recordadas en un poema célebre. «Quería dormir —dice— y no podía: para dormir es necesario olvidar un poco las cosas. En esa época no podía olvidar. Cerraba los ojos y me imaginaba, con los ojos cerrados, en mi cama. Imaginaba los muebles, los espejos, imaginaba la casa. Imaginaba el jardín, las plantas. Había estatuas en ese jardín. Para librarme de todo ello escribí esta historia de Funes que es una especie de metáfora del insomnio, de la dificultad o imposibilidad de abandonarse al olvido. Ya que dormir es eso: abandonarse al olvido total. Olvidar su identidad, sus circunstancias. Funes no podía. Por eso murió, al fin, agobiado. Esta historia sirvió para curarme del insomnio, deposité todo mi insomnio en mi personaje. No digo que precisamente el día que terminé la historia haya podido dormir bien, pero en ese momento comenzó mi curación.» La conclusión de *Funes el memorioso* se nos hace difícil, pero Borges se justifica: «Creo que Kipling dijo que a un escritor le estaba permitido hacer fábulas y no saber cuál era la moraleja de esas fábulas». El tema de un hombre de prodigiosa memoria está presente, además de en las fuentes citadas en el propio cuento, en una narración de Turgeniev titulada «Reliquias» e incluida en *Memorias de un cazador.*

La memoria, el tiempo detenido, la noción de eternidad son constantes en la obra de Borges. De ahí que exista también un paralelismo entre *Funes el memorioso* y *El inmortal*. El propio autor al recordar, muchos años después, la escena de su encuentro con Funes hace una extraña ostentación de memoria. No debemos olvidar que Borges siempre fue un gran memorista, que hace pública gala de ella: son famosas sus recitaciones de largos poemas en diversas lenguas, y la ceguera le obligó a tener que memorizar íntegras sus conferencias.

La década del sesenta fue para Borges pródiga en viajes, condecoraciones, premios. (En 1961 recibe el premio Internacional Formentor, compartido con Samuel Beckett, con lo que se le traduce a numerosas lenguas. Ese mismo año viaja a Texas y es condecorado por el Gobierno italiano. En 1962 es el Gobierno francés el que le concede la Legión de Honor. En 1963 viaja a Europa, vuelve a España, visita Inglaterra, Francia y Suiza. Al regresar a Buenos Aires recibe el Gran Premio del Fondo Nacional de las Artes. En 1964 la revista francesa *L'Herne* le dedica un voluminoso número monográfico donde colaboran importantes escritores de todo el mundo. En 1967 viaja a Estados Unidos tras contraer matrimonio con Elsa Astete Millán, esta vez a la Universidad de Harvard, donde da un curso especial sobre su poesía en inglés. En 1968 viaja a Chile, donde participa en el congreso de escritores antirracistas; luego es invitado a Israel, donde se encuentra en Kábala con su maestro Gershom Scholem. Al año siguiente vuelve a Norteamérica, la Universidad de Oklahoma lo invita a un curso sobre su obra.) Y en este período publica su libro de poemas *Elogio de la som-*

bra, que iniciará toda una nueva etapa de su obra poética continuada en *El oro de los tigres, La rosa profunda, La moneda de hierro, Historia de la noche* y, el último, *La Cifra.*

El tema de la vejez, que aparece por primera vez en *Elogio de la sombra,* como una reflexión serena pero no por ello falta de dramatismo, y una mayor simplicidad en la forma son las características novedosas de esta etapa en la que una poesía insospechadamente confesional irá creciendo junto a los temas de siempre, junto a las referencias culturales y a las obsesiones tradicionales de su obra. El poeta contempla la impasible realidad de los objetos que rodean al hombre, que cercan su vida y que seguramente lo sobrevivirán:

> El bastón, las monedas, el llavero,
> la dócil cerradura, las tardías
> notas que no leerán los pocos días
> que me quedan, los naipes y el tablero,
> un libro y en sus páginas la ajada
> violeta, monumento de una tarde
> sin duda inolvidable y ya olvidado.
> *(Las Cosas.)*

Si el tema de la muerte se insinúa en su obra anterior, en la última etapa crece mezclado con la sensación de impotencia del hombre ante la vastedad del universo. El último Borges es especialmente triste, pero la poesía le sirve igualmente como un conjuro a la soledad, a la ceguera, a la vejez, al escepticismo: «Qué importa la tristeza si hubo en el tiempo alguien que se dijo feliz». Y hay en él una exaltación que hace que aceptemos al poeta como es, como un hombre que sufre, que ama, y que sobre todo siente. La dedicatoria de su último libro de poemas, *La Cifra,* acaba con estas emocionantes palabras: «Como todos los actos del universo, la dedicatoria de un libro es un acto mágico. También cabría definirla como el modo más grato y más sensible de pronunciar un nombre. Yo pronuncio ahora su nombre, María Kodama. Cuántas mañanas, cuántos mares, cuántos jardines del Oriente y del Occidente, cuánto Virgilio».

Antes de cerrar esta estancia quedan por reflejar aún algunos hechos últimos de la vida de Borges. En 1970 se separa de su mujer y vuelve a su casa de la calle Maipú, donde aún vive su madre doña Leonor. En agosto publica su nuevo libro de narraciones *El informe de Brodie,* tras casi diecisiete años de silencio en la prosa narrativa. Viaja a Brasil, donde recibe el premio Ciudad de San Pablo, y el periódico *New Yorker* publica en Estados Unidos su ensayo autobiográfico. Al año siguiente vuelve a Europa, en Oxford recibe el doctorado honoris causa, y en Londres ofrece un ciclo de conferencias multitudinarias en la ICA. En el mismo viaje, visita Jerusalén, donde recibe el gran premio de la Paz. Al regresar a Buenos Aires cumple un viejo sueño, visita Islandia, donde es recibido por los escritores del país. En 1972 aparece *El oro de los tigres,* y en 1973 se celebra el cincuentenario de su primer libro, *Fervor de Buenos Aires.* Vuelve a España, y en Madrid dicta dos tumultuosas conferencias. Su popularidad en España ya es enorme gracias a las ediciones de bolsillo de sus libros.

El triunfo electoral de Héctor Cámpora, primero, y del general Perón, después, lo obliga a renunciar a su puesto de director de la Biblioteca Nacional. Durante los años de restauración peronista desaparece prácticamente de la vida intelectual argentina, ante una atmósfera que le es adversa. De todas formas no calla, hace valientes declaraciones contra el peronismo en momentos de violencia generalizada que podrían ser muy peligrosos para su seguridad. Recibe amenazas, es insultado por la calle, e incluso una bomba que no llega a explotar es encontrada en su domicilio. Comienza a escribir un ensayo sobre Spinoza, que no concluirá. En 1975 publica *El libro de arena,* la última de sus recopilaciones de cuentos publicadas hasta hoy. Viaja a Estados Unidos y a Europa. Vuelve a ser una vez más candidato al premio Nobel de Literatura, que no le concederán. «Viene a ser una costumbre escandinava», afirma jocosamente Borges. Ese mismo año muere su madre, casi centenaria. Ante el derrocamiento del Gobierno de Isabel Martínez de Perón, por una junta militar, Borges apoya inicialmente al nuevo régimen, lo que provocará una ola de reprobación en los medios culturales europeos. Visita al general Videla, acompañado de Ernesto Sábato y otros escritores para interesarse por escritores desaparecidos. Viaja a España y a Chile, invitado por la Universidad de Santiago de Chile, que le nombra doctor honoris causa. Su viaje a Chile vuelve a provocar reacciones contrarias. Ese mismo año aparece *La moneda de hierro* y Arthur Lundqvist declara que Borges no será nunca premio Nobel, por razones exclusivamente políticas, desvirtuando así el carácter del premio. Nuevos viajes a Europa, casi anuales, marcarán el fin de la década de los setenta, sembrados de homenajes y premios, que van desde el homenaje de la Sorbona en París, a los premios Cervantes en España, que recibe de manos del rey don Juan Carlos; la medalla de oro de la Academia Francesa, el gran premio Balzan italiano, o el premio Ollin Yoliztli, que recibe en 1981 de manos del presidente mexicano.

La conflictividad, la polémica constante son, junto a un reconocimiento casi universal, las constantes que se dan en los últimos años de Borges, años de enorme popularidad que deja perplejo al escritor «literario» y de «minorías» que siempre se creyó. El extraño fenómeno que significa hacer un *best-seller* a un *escritor para escritores* sorprenderá incluso a críticos tan solventes como George Steiner. De permanente actualidad, todo lo que Borges diga salta a los periódicos, y casi siempre creando polémicas, fervores apasionados o terribles denuestos. En 1980, en unas declaraciones suyas al matutino de Buenos Aires *La Prensa,* condena la represión política en Argentina. Al año siguiente, y en Roma, hace otras declaraciones que resultan polémicas acerca del papado. El día que cumple ochenta y dos años declara «necesito vivir al menos un año más».

Nueve versiones de la «Comedia»

Repasando las *Obras completas* de Borges, la primera alusión a la *Comedia* la encontramos en su libro de ensayos *Discusión* [47] y concretamente en el que se

_____

[47]   *Discusión,* Buenos Aires, 1932.

titula «Duración del Infierno». En él se expone la *fatiga* que con los años parece haber sufrido la idea del infierno; dice entonces Borges: «El mismo Dante, en su gran tarea de prever de modo anecdótico algunas decisiones de la divina Justicia relacionadas con el norte de Italia, ignora un entusiasmo igual», refiriéndose a la visión que del infierno había dado el cartaginés Tertuliano en el siglo II. Su teoría de la decadencia del infierno encontraba así en Dante una insospechada apoyatura. Más tarde, ya que este artículo es de 1932, y en *Historia de la eternidad* volvemos a encontrar una cita dantesca en el ensayo sobre «La metáfora»: «Su virtud y flaqueza está en las palabras, el curioso verso en que Dante *(Purgatorio,* I, 13), para definir al cielo oriental, invoca una piedra oriental, una piedra límpida en cuyo nombre está, por venturoso azar, el Oriente: "Dolce color d'oriental zafiro" es, más allá de cualquier duda, admirable; no así el de Góngora *(Soledad,* I, 6): "En campos de zafiros pasce estrellas", que es, si no me equivoco, una mera grosería, un mero énfasis» [48].

Sin ser extremadamente minucioso, vuelvo a encontrar una referencia a la *Comedia* en *Otras inquisiciones,* dentro del bello artículo «Sobre los clásicos». «Clásico es aquel libro que una nación o un grupo de naciones o el largo tiempo han decidido leer como si en sus páginas todo fuera deliberado, fatal, profundo como el cosmos y

---

[48] Observa Borges en nota al artículo que comentamos que ambos versos, el de Dante y el de Góngora, «derivan de la *Escritura.* Y vieron al Dios de Israel; y había debajo de sus pies como un embaldosado de Zafiro, semejante al cielo cuando está sereno» *(Éxodo,* 24, 10).

capaz de interpretaciones sin término. Previsiblemente, esas decisiones varían. Para los alemanes y austriacos el *Fausto* es una obra genial; para otros, una de las más famosas formas del tedio, como el segundo *Paraíso* de Milton o la obra de Rabelais. Libros como el de *Job,* la *Divina Comedia, Macbeth* (y, para mí, algunas de las sagas del Norte) prometen una larga inmortalidad, pero nada sabemos del porvenir, salvo que difiera del presente. Una preferencia bien puede ser una superstición.»

Por fin en *El Hacedor,* el libro que Borges prefiere de entre los suyos, un libro mixto de prosa y poesía, encontramos el texto *Paraíso,* XXXI, 108, que hace referencia al verso: «or fu sí fatta la sembianza vostra?» [49] y que le sirve para divagar acerca de los rasgos perdidos en la memoria, los rasgos de una cara irrecuperable: «Tal vez un rasgo de la cara crucificada acecha en cada espejo; tal vez la cara se murió, se borró para que Dios sea todos. Quién sabe si esta noche no la veremos en los laberintos del sueño y no lo sabremos mañana». Y otro más concreto aún en *Infierno,* I, 32 («una lonza leggiera e presta molto») [50], un leopardo que surge en el camino del poeta y que vive «de piel manchada todo recubierto» en la memoria y en el sueño de Borges:

> Años después —escribe— Dante se moría en Ravena, tan injustificado y tan solo como cualquier otro hombre. En un sueño, Dios le declaró el secreto propósito de su vida y de su labor: Dante, maravillado, supo al

---

[49]   En castellano: «¿era como la veo la faz vuestra?», según la versión de Ángel Crespo. *(Paraíso,* Seix Barral, Barcelona, 1977.)

[50]   *Un leopardo liviano allí surgía.* Versión de Ángel Crespo. *(Infierno,* Seix Barral, Barcelona, 1973.)

fin, supo al fin quién era y qué era y bendijo sus amarguras. La tradición refiere que, al despertar, sintió que había recibido y perdido una cosa infinita, algo que no podría recuperar, ni vislumbrar siquiera, porque la máquina del mundo es harto compleja para la simplicidad de los hombres.

En uno de los poemas de *El otro, el mismo,* el tema de la decadencia del infierno se reitera complicándose. Es «Del Infierno y del Cielo»:

> No oprimirá un odiado laberinto
> de triple hierro y fuego doloroso
> las atónitas almas de los réprobos.

En 1968, yo presencié en Buenos Aires, en los salones del Instituto Libre de Segunda Enseñanza, que había sido uno de mis colegios, una conferencia de Borges que, aunque fue anunciada como «Los orígenes literarios de la *Divina Comedia»,* versó en realidad prácticamente sobre la Epopeya sumeria de Gilgamesh, como si no hubiera otro antecedente más esplendoroso. Yo, sin embargo, se lo agradecí mucho a Borges, porque desde aquel ya remoto día inicié una versión libre del poema que afortunadamente no he concluido aún. Mientras exista el poema por venir, su incorruptible imagen permanecerá encendida.

Es en el volumen de conferencias *Siete noches* [51] donde encontramos recogido por primera vez un texto

---

[51]   J. L. Borges, *Siete noches,* epílogo de Roy Bartholomew, Fondo de Cultura Económica, 1980. (Edición española.)

íntegro dedicado a la *Comedia*. Borges inicia su parlamento con una cita de Paul Claudel que considera indigna de Claudel sobre la diferencia entre el verdadero más allá y el que nos auguraba el Dante. Enseguida propone las distintas formas de lectura posible para llegar a una de sus grandes preocupaciones: la Kábala. «Los cabalistas hebreos sostuvieron que la *Escritura* ha sido escrita para cada uno de los fieles; lo cual no es increíble si pensamos que el autor del texto y el autor de los lectores es el mismo: Dios. Dante no tuvo por qué suponer que lo que él nos muestra corresponde a una imagen real del mundo de la muerte. No hay tal cosa. Dante no pudo pensar eso.» Seguidamente cuenta Borges cómo comenzó su conocimiento de la *Comedia:* «Todo empezó poco antes de la dictadura. Yo estaba empleado en una biblioteca del barrio de Almagro. Vivía en Las Heras y Pueyrredón, tenía que recorrer en lentos y solitarios tranvías el largo trecho que desde ese barrio del Norte va hasta Almagro Sur, a una biblioteca situada en la avenida La Plata y Carlos Calvo. El azar (salvo que no hay azar, salvo que lo que llamamos azar es nuestra ignorancia de la compleja maquinaria de la causalidad) me hizo encontrar tres pequeños volúmenes en la Librería Mitchell, hoy desaparecida, que me trae tantos recuerdos. Esos tres volúmenes (yo debería haber traído uno como talismán, ahora) eran los tomos del *Infierno,* del *Purgatorio* y del *Paraíso,* vertidos al inglés por Carlyle, no por Thomas Carlyle, del que hablaré luego. Eran libros muy cómodos, editados por Dent. Cabían en mi bolsillo. En una página estaba el texto italiano y en la otra el texto en inglés, vertido literalmente. Imaginé este *modus operandi:* leía primero un versículo, un terceto, en prosa inglesa; luego leía el mismo versículo, el mismo terceto, en italiano; iba siguiendo así hasta llegar al fin del canto. Luego leía todo el canto en inglés y luego en italiano. En esa primera lectura comprendí que las traducciones no pueden ser un sucedáneo del original. La traducción puede ser, en todo caso, un medio y un estímulo para acercar al lector al original; sobre todo, en el caso del español. Creo que Cervantes, en alguna parte del *Quijote,* dice que con dos ochavos de lengua toscana uno puede entender a Ariosto. Pues bien, esos dos ochavos de lengua toscana me fueron dados por la semejanza fraterna del italiano y del español. Ya entonces observé que los versos, sobre todo los grandes versos de Dante, son mucho más que lo que significan. El verso es, entre tantas otras cosas, una entonación, una acentuación muchas veces intraducible. Eso lo observé desde el principio. Cuando llegué a la cumbre del *Paraíso,* cuando llegué al Paraíso desierto, ahí en aquel momento en que Dante está abandonado por Virgilio y se encuentra solo y lo llama, en aquel momento sentí que podía leer directamente el texto italiano y sólo mirar de vez en cuando el inglés. Leí así los tres volúmenes en esos lentos viajes de tranvía. Después leí otras ediciones.»

Más adelante, Borges precisa esas *otras* ediciones leídas ya no en el tranvía —el eco de Oliverio Girondo es irrenunciable— y fueron «la de Momigliani y la de Grabher. Recuerdo también la de Hugo Steiner». De los infinitos comentaristas de la *Comedia* dice Borges: «Comprobé que en las ediciones más antiguas predomina el comentario teológico; en las del siglo XIX, el

histórico, y actualmente el estético, que nos hace notar
la acentuación de cada verso, una de las máximas virtudes de Dante». Curiosamente, al compilar los tipos
de acceso a la *Comedia,* Borges no cita el cuarto sentido, el *quattro sensi* al que hace referencia el *Convivio*
(tomo II, cap. I). Ese cuarto camino que René Guénon
ha estudiado con tanta claridad [52], en nueve estancias.
Nueve son también los ensayos que Borges reúne en
este libro, y quizá ambos lo resolvieron así por un
mismo azar: el nueve es la misteriosa cantidad con la
cual Beatriz establece una *particular relación* [53].

Pero continuemos rastreando los contactos de Borges con Dante. En un reciente artículo Borges resume,
en un diálogo consigo mismo, algunas de sus obsesi-
vas relaciones con la *Comedia,* y lo hace reiterándonos
conceptos y hallazgos ya referidos por él en trabajos
anteriores. Así Borges recalca rasgos como la ternura,
la delicadeza y las delicias que tienen ciertos pasajes
de su obra. «Por lo general, siempre pensamos en el
sombrío y sentencioso poema florentino y nos olvida-
mos de esa ternura que forma parte de la trama.» O su
estilo narrativo: «Cuando yo era joven se despreciaba

---

[52]   René Guénon, *L'esotérisme de Dante,* Ch. Bosse Librarie,
París. (Hay versión castellana, Dédalo, Buenos Aires, 1976, en traducción de Margarita Pontieri.)

[53]   Apunta Guénon, citando a Aroux y su *La Comedie de Dante:*
«Beatriz, que debe ser "llamada amor", dice Dante en la *Vita
Nuova,* también se relaciona con este Venerable, rodeado de nueve
columnas, de nueve candelabros de nueve brazos y de nueve luces,
de ochenta y un años de edad, múltiplo (o más exactamente cua-
drado) de nueve, cuando se supone que Beatriz muere en el año
ochenta y uno del siglo».

lo narrativo, se lo denominaba anecdótico y se olvidaba que la poesía empezó siendo narrativa, que en las raíces de la poesía está la épica y la épica es el género poético primordial. En la épica está el tiempo, en la épica hay un antes, un ahora y un después. Así, en la *Comedia* entramos en el relato y lo hacemos de un modo casi mágico». Para repetir una vez más su constatación de que Dante es uno de los personajes de la obra, quizá el más importante: «Dante hace que lo conozcamos profundamente, a través del hecho de escribir en primera persona. Ese no es un mero artificio gramatical»[54].

Y al fin llegamos al verdadero libro, al libro para el que todas estas páginas son un inútil preámbulo, o si somos más indulgentes, una mera necesidad editorial, una costumbre o una tradición aceptada de una colección. Los NUEVE ENSAYOS DANTESCOS, que Borges titula consciente de la ambigüedad que la palabra *dantesco* ganó con el tiempo, y consciente también del homenaje numérico a esa cifra tan cara a la *Comedia* y a la Kábala. Son nueve calas trazadas como nueve círculos «El noble castillo del canto cuarto» (Dante siente que Virgilio será siempre un habitante del terrible «nobile castillo», lejos de la salvación y lleno de la ausencia de Dios); «El falso problema de Ugolino» (Ugolino de Pisa es una textura verbal, que devora y no devora los amados cadáveres, y esa ondulante imprecisión, esa incertidumbre, es la extraña materia de

---

[54] El ya citado artículo de *ABC* —nota 34—, que no es otra cosa que una ordenación distinta de la conferencia sobre la *Divina Comedia,* ofrecida el 1 de junio de 1977 por Borges, en el teatro Coliseo de Buenos Aires, y recogida en el volumen *Siete noches.*

que está hecho); «El último viaje de Ulises» (dice de él Borges: «Yo escribí una vez un artículo titulado "El enigma de Ulises". Lo publiqué, lo perdí después y ahora voy a tratar de reconstruirlo» [55]. Creo que es el más enigmático de los episodios de la *Comedia* y quizá el más intenso, salvo que es muy difícil, tratándose de cumbres, saber cuál es la más alta, y la *Comedia* está hecha de cumbres) [56]; «El verdugo piadoso» (cuatro conjeturas posibles para justificar el hecho de que Dante, tras poner a Francesca en el infierno, oiga con infinita compasión la historia de su culpa); «Dante y los visionarios-anglosajones» (una estancia reservada a las correspondencias con Beda, que es quizá la más emocionante del libro); «*Purgatorio, I, 13*» (reincidencia en la metáfora ya citada en *Historia de la eternidad*) «El Simurgh y el Águila» [57]; «El encuentro en un sueño» (la estancia más narrativa, más apasionadamente narrativa en que Dante y Beatriz son más o menos

---

[55]   Las palabras citadas corresponden a la conferencia arriba referenciada. El hecho de que Borges agregue a esta estancia solamente una posdata, nos hace suponer que se trata de ese artículo perdido y hoy recuperado. O, al menos, que se trate de su reconstrucción.

[56]   Borges alude aquí al famoso libro de Giovanni Papini, *Dante Vivo*, y lo hace cuando refiere que Dante había «osado comparar a Beatriz con la Virgen María».

[57]   La Leyenda del Simurgh es muy cara a la obra borgiana. Véase *Manual de Zoología fantástica* y *El libro de los Seres imaginarios*. En cuanto al Águila, René Guénon nos dice: «ya la antigüedad clásica la atribuía a Júpiter como los hindúes la atribuían a Vishnu, fue el emblema del antiguo Imperio Romano (que nos recuerda la presencia de Trajano en el ojo de ese águila) y continuó siendo el signo del Santo Imperio».

reales, el uno para el otro) y «La última sonrisa de Beatriz» («mi propósito es comentar los versos más patéticos que la literatura ha alcanzado»).

Papini, tras concluir un largo y moroso ensayo sobre su célebre conciudadano, afirma que su obra es una de las más temerarias y felices tentativas para renovar la nocturna visión de Jacob. Él mismo ya nos había prevenido de la «insuficiencia espiritual de los dantistas profesionales» matizando entre *positivos,* a los que salva, y *dantómanos,* a los que condena. Borges, con este libro que hoy se edita, ingresa de una manera original en la vasta nómina de comentaristas que la *Comedia* tuvo y tendrá. Pero lo hace como un lector más, no como un profesional de la literatura, sino precisamente como un lector hedonista que disfruta y quiere que sus lectores disfruten con él. Quizá me esté permitido decir que eso es algo que este *nuevo* comentarista ha conseguido.

MARCOS RICARDO BARNATÁN

PRESENTACIÓN

BORGES, LECTOR DE LA «DIVINA COMEDIA»

Pocos poetas clásicos o modernos habrán dejado en Jorge Luis Borges una huella tan profunda, una tan obsesiva presencia en su memoria como Dante, con su *Divina Comedia.* Una y otra vez vuelve sobre el tema: en escritos autobiográficos, en conferencias, en ensayos, en artículos periodísticos, en narraciones, en la lírica. La constancia en su recuerdo es tan martilleante que retorna sobre los mismos temas, sobre los mismos versos. Y no me refiero tanto a las ocultas alusiones, a los subterráneos brotes de aisladas reminiscencias que podrían entresacarse de su misma obra narrativa, como a las menciones explícitas, confesadas y ostentadas.

De un ciclo de siete conferencias sobre variados temas culturales pronunciadas en un teatro de Buenos Aires en 1977, publicadas con el título de *Siete noches,* la primera estaba íntegramente dedicada a *La Divina Comedia.* Como empleado en una biblioteca —contaba entonces— fue a dar por casualidad con tres pequeños volúmenes, *Infierno, Purgatorio e Paradiso,* en edición bilingüe y con la traducción inglesa de Carlyle. Después leyó y releyó el original de la *Comedia* aun sin saber italiano, que nunca estudió, pero aprendiendo mucho precisamente con el texto de Dante, dejándose sugestionar por la magia melódica y expresiva de sus versos.

En su propia lírica llega en ocasiones a la cita directa y casi incluso a la traducción literal. Recuérdese un fragmento de su *Poema conjetural.* Se refiere a un episodio del canto V del *Purgatorio,* donde se trata de Bonconte di Montefeltro, uno de los arrepentidos en el último instante por haber sufrido muerte violenta:

> Como aquel capitán del Purgatorio
> que, huyendo a pie y ensangrentando el llano,
> fue cegado y tumbado por la muerte
> donde un oscuro río pierde el nombre,
> así habré de caer. Hoy es el término.

Confróntese: «fuggendo a piede e 'nsanguinando il piano» («huyendo a pie y ensangrentando el llano»); «quivi perdei la vista» («fue cegado...»); «là, 've il vocabol suo diventa vano» («donde un oscuro río pierde el nombre»).

El título de sus Nueve ensayos dantescos no puede ser casual: tenía que ser el nueve, como un nueve, es decir, un milagro —en palabras de Dante—, era Beatriz, en cuanto múltiplo perfecto del tres que es la trinidad divina. Ritmo ternario y novenario —más otros números que también pertenecen a la simbología numérica de Dante— que rige la arquitectura de la *Comedia.* Y así como en el Paraíso los nueve cielos que giran en torno a la esfera terrestre se coronan con un décimo, que es el Empíreo, los nueve ensayos de Borges tienen su prólogo, que asimismo cierra el número diez, otro número perfecto como expresión del Decálogo.

No se trata obviamente de lecciones magistrales en sentido académico; son magistrales en el aspecto interpretativo y expositivo, no siempre con especiales novedades para un italianista, en cuanto que tiene en cuenta a muchos comentadores antiguos y modernos. Lo nuevo es la vibración personal, las densas referencias culturales derivadas de fuentes muy diversas, las impresiones y reflexiones que acreditan sobradamente qué personajes o episodios le produjeron más hondo impacto. De sus citas de especialistas italianos recientes se desprende que no supera los límites de la crítica estética y estilística, como se deduce de sus menciones de Momigliano y Grabher. No sorprende, por otra parte, que la más reciente crítica, sobre todo la de carácter filológico, le sea ajena. Y no hay por qué echarlo de menos, cuando lo que interesa son sus reacciones de lector, su literaria y personal reconstrucción de escenas dantescas o ver cómo versos, metáforas o comparaciones quedan grabadas en su sensibilidad, por lo que le afloran en sus escritos repetidas veces.

No es cuestión de destacar ahora aciertos o adivinaciones en estos ensayos. Pero sí puede iluminar alguna de sus características comentar algunas de las impresiones del autor, ciertas reacciones ante episodios o personajes que resultan sugestivos y sugeridores. Algunas de las observaciones que hace son incluso de carácter técnico. Le parece, por ejemplo, que el hacer hablar o confesarse a un réprobo que destaque sobre el fondo de la escena es algo que Dante no descubre hasta llegar a Francesca, en el canto V del *Infierno*. Hay, por tanto, una fractura entre este canto y el anterior, el de las grandes almas de la antigüedad que están en el Limbo. Echa de menos, por tanto, las palabras que el autor de la *Comedia* hubiera podido poner en boca de Aristóteles de haber pensado antes en el hallazgo de la confesión del personaje.

La paradoja insoluble de Francesca, a quien Dante comprende pero, condenándola, no perdona, se resuelve más allá de la lógica. Con la interpretación de algunos críticos recientes, distinguiendo entre un Dante-personaje, que reacciona como tal en el momento inicial de su viaje, y un Dante-autor, que escribe una vez cumplido su itinerario de salvación, se explica tal aparente paradoja. Sin embargo, aunque Borges no plantee así el problema, no parece habérsele escapado la intuición de tal dualidad interpretativa al aludir en el ensayo final a un «Dante protagonista» frente a un «Dante redactor o inventor».

Aparte del ensayo dedicado al verso «dolce color d'oriental zaffiro», uno de los que obsesionan al poeta argentino, hay otros en que abundan las conexiones llenas de referencias culturales; así, pone en relación ciertas visiones ultraterrenas de Beda con las de la *Divina Comedia,* que Borges no cree fueran conocidas por Dante. En otro lugar se hacen arcanas y esotéricas comparaciones, como la que se establece entre la imagen paradisiaca del Águila y el extraño Simurgh persa, que significa Treinta pájaros. Y es aquí donde se alude al rarísimo personaje de Rifeo que, por nombrarlo Virgilio como varón muy justo, es uno de los pocos paganos que Dante salva. Siguiendo también a otros críticos, afirma Borges, sobre la rareza del troyano Rifeo, que «no hay en toda la literatura otro rastro de él». Aunque casi avergüenza mezclar erudición menuda entre estos sugestivos comentarios, estimo oportuno recordar que, en un artículo mío («La *Divina Comedia*, clave interpretativa de una estrofa de Imperial», 1978), me refiero a la mención que este poeta sevillano-genovés, Francisco Imperial, hace precisamente de Rifeo, al lado de Trajano, otro pagano salvado, junto al cual se encuentra en la *Divina Comedia.*

Otros problemas que el ensayista aborda son los de Ulises, Ugolino y Beatriz: Dante se proyecta en Ulises y pudo muy bien temer el castigo de Ulises; de Ugolino se nos dice que Dante no pretende que pensemos en el canibalismo, «pero sí que lo sospechemos»; en cuanto a Beatriz, Borges se apoya en la idea de que fue para Dante irrecuperable, de que, desairado en vida por ella, jugó con la ficción, una vez muerta, de encontrarla, y de que sólo, para intercalar ese encuentro, edificó el gran poema. La severidad de Beatriz en su aparición y la fealdad y monstruosidad de la procesión simbólica en el paraíso terrenal se explican porque, negado por ella, Dante soñó con Beatriz, pero la soñó severísima e inaccesible. Por eso cree, paradójicamente para el lector, que, antes de volverse a la eterna fuente de luz, «La última sonrisa de Beatriz» —título del último ensayo—, sugieren en el autor de la *Comedia* «los versos más patéticos que la literatura ha alcanzado», por la «trágica sustancia» que encierran.

Quedan así marginalmente insinuados algunos de los puntos que más removieron la sensibilidad del intérprete argentino ante el poema que no vacila en considerar como «el mejor libro que la literatura ha alcanzado». Y más tajantemente aún, en la conferencia citada anteriormente, había ostentosamente proclamado: «El ápice de la literatura y de las literaturas es la *Comedia*».

JOAQUÍN ARCE.

Marzo, 1982.

NUEVE ENSAYOS DANTESCOS

PRÓLOGO

Imaginemos, en una biblioteca oriental, una lámina pintada hace muchos siglos. Acaso es árabe y nos dicen que en ella están figuradas todas las fábulas de las *Mil y una noches;* acaso es china y sabemos que ilustra una novela con centenares o millares de personajes. En el tumulto de sus formas, alguna —un árbol que semeja un cono invertido, unas mezquitas de color bermejo sobre un muro de hierro— nos llama la atención y de esa pasamos a otras. Declina el día, se fatiga la luz y, a medida que nos internamos en el grabado, comprendemos que no hay cosa en la tierra que no esté ahí. Lo que fue, lo que es y lo que será, la historia del pasado y la del futuro, las cosas que he tenido y las que tendré, todo ello nos espera en algún lugar de ese laberinto tranquilo... He fantaseado una obra mágica, una lámina que también fuera un microcosmo; el poema de Dante es esa lámina de ámbito universal. Creo, sin embargo, que si pudiéramos leerlo con inocencia (pero esa felicidad nos está vedada), lo universal no sería lo primero que notaríamos y mucho menos lo sublime o grandioso. Mucho antes notaríamos, creo, otros caracteres menos abrumadores y harto más deleitables; en primer término, quizá, el que destacan los dantistas ingleses: la variada y afortunada invención de rasgos precisos. A Dante no le basta decir que, abrazados un hombre y una serpiente, el hombre se transforma en serpiente y la serpiente en hombre; compara esa mutua metamorfosis con el fuego que devora un papel, precedido por una franja rojiza, en la que muere el blanco y que todavía no es negra *(Infierno,* XXV, 64). No le basta decir que, en la oscuridad del séptimo círculo, los condenados entrecierran los ojos para mirarlo; los compara con hombres que se miran bajo una luna incierta o con el viejo sastre que enhebra la aguja *(Infierno,* XV, 19). No le basta decir que en el fondo del universo el agua se ha helado; añade que parece vidrio, no agua *(Infierno,* XXXII, 24)... En tales comparaciones pensó Macaulay cuando declaró, contra Cary, que la «vaga sublimidad» y las «magníficas generalidades» de Milton lo movían menos que los pormenores dantescos. Ruskin, después *(Modern painters,* IV, XIV), condenó las brumas de Milton y aprobó la severa topografía con que Dante levantó su plano infernal. A todos es notorio que los poetas proceden por hipérboles: para Petrarca, o para Góngora, todo cabello de mujer es oro y toda agua es cristal; ese mecánico y grosero alfabeto de símbolos desvirtúa el rigor de las palabras y parece fundado en la indiferencia de la observación imperfecta. Dante se prohíbe ese error; en su libro no hay palabra injustificada.

La precisión que acabo de indicar no es un artificio retórico; es afirmación de la probidad, de la plenitud, con que cada incidente del poema ha sido imaginado.

Entre los muchos condenados que Dante encuentra en el Infierno están los suicidas, cuyo castigo es ser transformados en árboles que pervivirán eternamente. Ilustración por William Blake. *The Tate Gallery,* Londres.

Foto Museo

Lo mismo cabe declarar de los rasgos de índole psicológica, tan admirables y a la vez tan modestos. De tales rasgos está como entretejido el poema: citaré algunos. Las almas destinadas al infierno lloran y blasfeman de Dios; al entrar en la barca de Carón, su temor se cambia en deseo y en intolerable ansiedad *(Infierno,* III, 124). De labios de Virgilio oye Dante que aquel no entrará nunca en el cielo; inmediatamente le dice maestro y señor, ya para demostrar que esa confesión no aminora su afecto, ya porque, al saberlo perdido, lo quiere más *(Infierno,* IV, 39). En el negro huracán del segundo círculo, Dante quiere conocer la raíz del amor de Paolo y Francesca; esta refiere que los dos se querían y lo ignoraban, «soli eravamo e sanza alcun sospetto» [1], y que su amor les fue revelado por una lectura casual. Virgilio impugna a los soberbios que pretendieron con la mera razón abarcar la infinita divinidad; de pronto inclina la cabeza y se calla, porque uno de esos desdichados es él *(Purgatorio,* III, 34). En el áspero flanco del Purgatorio, la sombra del mantuano Sordello inquiere de la sombra de Virgilio cuál es su tierra; Virgilio dice Mantua; Sordello, entonces, lo interrumpe y lo abraza *(Purgatorio,* VI, 58). La novela de nuestro tiempo sigue con ostentosa prolijidad los procesos mentales; Dante los deja vislumbrar en una intención o en un gesto.

Paul Claudel ha observado que los espectáculos que nos aguardan después de la agonía no serán verosímilmente los nueve círculos infernales, las terrazas del Purgatorio o los cielos concéntricos. Dante, sin duda, habría estado de acuerdo con él; ideó su topografía de la muerte como un artificio exigido por la escolástica y por la forma de su poema.

La astronomía ptolomaica y la teología cristiana describen el universo de Dante. La Tierra es una esfera inmóvil; en el centro del hemisferio boreal (que es el permitido a los hombres) está la montaña de Sión; a noventa grados de la montaña, al oriente, un río muere, el Ganges; a noventa grados de la montaña, al poniente, un río nace, el Ebro. El hemisferio austral es de agua, no de tierra, y ha sido vedado a los hombres; en el centro hay una montaña antípoda de Sión, la mon-

---

[1]   «solos estábamos y sin recelo alguno» *(Inf.,* V, 129).

taña del Purgatorio. Los dos ríos y las dos montañas equidistantes inscriben en la esfera una cruz. Bajo la montaña de Sión, pero harto más ancho, se abre hasta el centro de la Tierra un cono invertido, el Infierno, dividido en círculos decrecientes, que son como las gradas de un anfiteatro. Los círculos son nueve y es ruinosa y atroz su topografía; los cinco primeros forman el Alto Infierno, los cuatro últimos, el Infierno Inferior, que es una ciudad con mezquitas rojas, cercada de murallas de hierro. Adentro hay sepulturas, pozos, despeñaderos, pantanos y arenales; en el ápice del cono está Lucifer, «el gusano que horada el mundo». Una grieta que abrieron en la roca las aguas del Leteo comunica el fondo del Infierno con la base del Purgatorio. Esta montaña es una isla y tiene una puerta; en su ladera se escalonan terrazas que significan los pecados mortales; el jardín del Edén florece en la cumbre. Giran en torno de la Tierra nueve esferas concéntricas; las siete primeras son los cielos planetarios (cielos de la Luna, de Mercurio, de Venus, del Sol, de Marte, de Júpiter, de Saturno); la octava, el cielo de las estrellas fijas; la novena, el cielo cristalino, llamado también Primer Móvil. A este lo rodea el empíreo, donde la Rosa de los Justos se abre, inconmensurable, alrededor de un punto, que es Dios. Previsiblemente, los coros de la Rosa son nueve... Tal es, a grandes rasgos, la configuración general del mundo dantesco, supeditado, como habrá observado el lector, a los prestigios del 1, del 3 y del círculo. El Demiurgo, o Artífice, del *Timeo,* libro mencionado por Dante *(Convivio,* III, 5; *Paraíso,* IV, 49),* juzgó que el movimiento más perfecto era la rotación, y el cuerpo más perfecto, la esfera; ese dogma, que el Demiurgo de Platón compartió con Jenófanes y Parménides, dicta la geografía de los tres mundos recorridos por Dante.

Los nueve cielos giratorios y el hemisferio austral hecho de agua, con una montaña en el centro, notoriamente corresponden a una cosmología anticuada; hay quienes sienten que el epíteto es parejamente aplicable a la economía sobrenatural del poema. Los nueve círculos del Infierno (razonan) son no menos caducos e indefendibles que los nueve cielos de Ptolomeo, y el Purgatorio es tan irreal como la montaña en que Dante lo ubica. A esa objeción cabe oponer diversas consideraciones: la primera es que Dante no se propuso establecer la verdadera o verosímil topografía del otro mundo. Así lo ha declarado él mismo; en la famosa epístola a Cangrande, redactada en latín, escribió que el sujeto de su *Comedia* es, literalmente, el estado de las almas después de la muerte y, alegóricamente, el hombre, en cuanto por sus méritos o deméritos, se hace acreedor a los castigos o a las recompensas divinas. Iacopo di Dante, hijo del poeta, desarrolló esa idea. En el prólogo de su comentario leemos que la *Comedia* quiere mostrar bajo colores alegóricos los tres modos de ser de la humanidad y que en la primera parte el autor considera el vicio, llamándolo Infierno; en la segunda, el pasaje del vicio a la virtud, llamándolo Purgatorio; en la tercera, la condición de los hombres perfectos, llamándola Paraíso, «para mostrar la altura de sus virtudes y su felicidad, ambas necesarias al hombre para discernir el sumo bien». Así lo entendieron otros comentadores antiguos, por ejemplo Iacopo della Lana, que explica: «Por considerar el poeta que

Los nueve círculos del Infierno; los cinco primeros forman el Alto Infierno; los cuatro últimos el Infierno Inferior. En el ápice del cono está Lucifer, «el gusano que horada el mundo». Ilustración por William Blake. *British Museum,* Londres.

Foto John Freeman & Co.

la vida humana puede ser de tres condiciones, que son la vida de los viciosos, la vida de los penitentes y la vida de los buenos, dividió su libro en tres partes, que son el Infierno, el Purgatorio y el Paraíso».

Otro testimonio fehaciente es el de Francesco da Buti, que anotó la *Comedia* a fines del siglo XIV. Hace suyas las palabras de la epístola: «El sujeto de este poema es literalmente el estado de las almas ya separadas de sus cuerpos y moralmente los premios o las penas que el hombre alcanza por su libre albedrío».

Hugo, en *Ce que dit la bouche d'ombre,* escribe que el espectro que en el Infierno toma para Caín la forma de Abel es el mismo que Nerón reconoce como Agripina.

Harto más grave que la acusación de anticuado es la acusación de crueldad. Nietzsche, en el *Crepúsculo de los Ídolos* (1888), ha amonedado esa opinión en el atolondrado epigrama que define a Dante como «la hiena que versifica en las sepulturas». La definición, como se ve, es menos ingeniosa que enfática; debe su fama, su excesiva fama, a la circunstancia de formular con desconsideración y violencia un juicio común. Indagar la razón de ese juicio es la mejor manera de refutarlo.

Otra razón, de tipo técnico, explica la dureza y la crueldad de que Dante ha sido acusado. La noción panteísta de un Dios que también es el universo, de un Dios que es cada una de sus criaturas y el destino de esas criaturas, es quizá una herejía y un error si la aplicamos a la realidad, pero es indiscutible en su aplicación al poeta y a su obra. El poeta es cada uno de los hombres de su mundo ficticio, es cada soplo y cada pormenor. Una de sus tareas, no la más fácil, es ocultar o disimular esa omnipresencia. El problema era singularmente arduo en el caso de Dante, obligado por el carácter de su poema a adjudicar la gloria o la perdición, sin que pudieran advertir los lectores que la Justicia que emitía los fallos era, en último término, él mismo. Para conseguir ese fin, se incluyó como personaje de la *Comedia,* e hizo que sus reacciones no coincidieran, o sólo coincidieran alguna vez —en el caso de Filippo Argenti, o en el de Judas— con las decisiones divinas.

EL NOBLE CASTILLO DEL CANTO CUARTO

A principios del siglo XIX o a fines del XVIII, entran en la circulación del inglés diversos epítetos *(eerie, uncanny, weird),* de origen sajón o escocés, que servirán para definir aquellos lugares o cosas que vagamente inspiran horror. Tales epítetos corresponden a un concepto romántico del paisaje. En alemán, los traduce con perfección la palabra *unheimlich;* en español, quizá la mejor palabra es *siniestro.* Puesta la mente en esa singular cualidad de *uncanniness,* yo escribí alguna vez: «El Alcázar de Fuego que conocemos en las últimas páginas del *Vath Vathek* (1782), de William Beckford, es el primer Infierno realmente atroz de la literatura. El más ilustre de los avernos literarios, el *doloroso reino de la Comedia,* no es un lugar atroz; es un lugar en el que ocurren hechos atroces. La distinción es válida».

Stevenson *(A Chapter on Dreams)* refiere que en los sueños de la niñez lo perseguía un matiz abominable del color pardo: Chesterton *(The Man who mas Thursday,* VI) imagina que en los confines occidentales del mundo acaso existe un árbol que ya es más, y menos, que un árbol, y en los confines orientales, algo, una torre, cuya sola arquitectura es malvada. Poe, en el *Manuscrito encontrado en una botella,* habla de un mar austral donde crece el volumen de la nave como el cuerpo viviente del marinero; Melville dedica muchas páginas de *Moby Dick* a dilucidar el horror de la blancura insoportable de la ballena... He prodigado ejemplos; quizá hubiera bastado observar que el Infierno dantesco magnifica la noción de una cárcel [1]; el de Beckford, los túneles de una pesadilla.

Noches pasadas, en un andén de Constitución, recordé bruscamente un caso perfecto de *uncanniness,* de horror tranquilo y silencioso, en la entrada misma de la *Comedia.* El examen del texto confirmó la rectitud de ese recuerdo tardío. Hablo del canto IV del *Infierno,* uno de los más afamados.

Alcanzadas las páginas finales del *Paraíso* la *Comedia* puede ser muchas cosas, quizá todas las cosas; al principio, es notoriamente un sueño de Dante, y este, por su parte, no es más que el sujeto del sueño. Nos dice que no sabe cómo fue a dar en la selva oscura, «tant' era pieno di sonno a quel punto» [2]; el *sonno* es metáfora de la ofuscación del alma pecadora, pero sugiere el indefinido comienzo del acto de soñar. Después escribe que la loba que le cierra el camino hace que muchos vivan tristes; Guido Vitali observa que esta noticia no podía surgir de la simple visión de la

---

[1]   *Carcere cieco,* cárcel ciega, dice del Infierno Virgilio *(Purgatorio,* XXII, 103); *(Infierno,* X, 58-59).

[2]   «tanto era mi sueño en aquel instante» *(Inf.,* I, 11).

Dante y Virgilio emprenden su fantástico viaje a través de la selva oscura.
Ilustración por William Blake. *The Tate Gallery,* Londres.

Foto Museo

fiera; Dante lo sabe como sabemos las cosas en los sueños. En la selva aparece un desconocido; Dante, apenas lo ve, sabe que este ha guardado un largo silencio;
otra sabiduría de tipo onírico. El hecho, anota Momigliano, se justifica por razones poéticas, no por razones
lógicas. Emprenden su fantástico viaje. Virgilio se de-
muda al entrar en el primer círculo del abismo; Dante
achaca al temor esa palidez. Virgilio afirma que lo
mueve la lástima y que él es uno de los réprobos («e di
questi cotai son io medesmo») [3]. Dante, para disimular
el horror de esa afirmación o para decir su piedad, pro-
diga los títulos reverenciales: «Dimmi, maestro mio,

---

[3]   «y de estos tales soy también yo mismo» *(Inf.,* IV, 39).

dimmi, segnore»[4]. Suspiros, suspiros de duelo sin tormento hacen temblar el aire; Virgilio explica que están en el Infierno de aquellos que murieron antes de proclamada la Fe; cuatro altas sombras lo saludan; no hay ni tristeza ni alegría en las casas; son Homero, Horacio, Ovidio y Lucano, y en la diestra de Homero hay una espada, símbolo de su primacía en la épica. Los ilustres fantasmas honran a Dante como a igual y lo conducen a su eterna morada, que es un castillo siete veces rodeado por altos muros (las siete artes liberales o las tres virtudes intelectuales y las cuatro morales) y por un foso (los bienes terrenales o la elocuencia), que atraviesan como si fuera tierra firme. Los habitantes del castillo son gente de mucha autoridad; rara vez hablan y su voz es muy tenue; miran con grave lentitud. En el patio del castillo hay un césped de verdor misterioso; Dante, desde una altura, ve a personajes clásicos y bíblicos y a tal cual musulmán («Averoìs, che'l gran comento feo»)[5]. Alguno se destaca por un rasgo que lo hace memorable («Cesare armato con li occhi grifagni»)[6]; otro, por una soledad que lo agranda («e solo, in parte, vidi 'l Saladino»[7]; viven en un anhelo sin esperanza: no padecen dolor, pero saben que Dios los excluye. Un árido catálogo de nombres propios, menos estimulantes que informativos, da fin al canto.

Las nociones de un Limbo de los Padres, llamado también Seno de Abraham (*Lucas,* 16, 22), y de un

---

[4]   «Maestro mío, dime, señor, dime» (*Inf.,* IV, 46).

[5]   «Averroes, que hizo el gran comentario» (*Inf.,* IV, 144).

[6]   «César armado, con sus ojos rapaces» (*Inf.,* IV, 123).

[7]   «y solo, aparte, vi a Saladino» (*Inf.,* IV, 129).

Limbo para las almas de los infantes que mueren sin
bautismo, son de la teología común: hospedar en ese
lugar o lugares a los paganos virtuosos fue, según
Francesco Torraca, una invención de Dante. Para mitigar el horror de una época adversa, el poeta buscó refugio en la gran memoria romana. Quiso honrarla en
su libro, pero no pudo no entender —la observación
pertenece a Guido Vitali— que insistir demasiado sobre el mundo clásico no convenía a sus propósitos
doctrinales. Dante no podía, contra la Fe, salvar a sus
héroes; los pensó en un infierno negativo, privados de
la vista y posesión de Dios en el cielo, y se apiadó de
su misterioso destino. Años después, al imaginar el
Cielo de Júpiter, regresaría a ese problema. Boccaccio
refiere que entre la redacción del canto VII del *Infierno* y la del VIII se produjo una larga interrupción,
motivada por el destierro: el hecho, sugerido o corro-
borado por el verso «Io dico, seguitando ch'assai
prima» [8], puede ser verdadero, pero harto más profunda es la diferencia que hay entre el canto del castillo y los que subsiguen. En el canto V, Dante hizo hablar inmortalmente a Francesca da Rimini; en el
anterior, qué palabras no habría dado a Aristóteles, a
Heráclito o a Orfeo, si ya hubiera pensado en ese artificio. Deliberado o no, su silencio agrava el horror y
conviene a la escena. Anota Benedetto Croce: «En el
noble castillo, entre los grandes y los sabios, la seca
información usurpa el lugar de la refrenada poesía.
Admiración, reverencia, melancolía, son sentimientos

---

[8]   «Yo digo, prosiguiendo, que mucho antes» *(Inf.,* VIII, 1).

indicados, no representados» *(La poesia di Dante,* 1920). Los comentadores han denunciado el contraste de la fábrica medieval del castillo con sus huéspedes clásicos; esa fusión o confusión es característica de la pintura de la época y agrava, ciertamente, el sabor onírico de la escena.

En la invención y ejecución de este canto IV urdió una serie de circunstancias, alguna de índole teológica. Devoto lector de *La Eneida,* imaginó a los muertos en el Elíseo o en una variación medieval de esos campos dichosos; en el verso «in luogo aperto, luminoso e alto»[9] hay reminiscencias del túmulo desde el cual Eneas vio a sus romanos y del *largior hic campos aether.* Urgido por razones dogmáticas, debió situar en el Infierno a su noble castillo. Mario Rossi descubre en ese conflicto de lo formal y de lo poético, de la intuición paradisiaca y de la sentencia espantosa, la íntima discordia del canto y la raíz de ciertas contradicciones. En un lugar se dice que los suspiros hacen temblar el aire eterno; en otro, que no hay tristeza ni alegría en las caras. La facultad visionaria del poeta no había logrado su plenitud. A esa relativa torpeza debemos la rigidez que produjo el singular horror del castillo y de sus moradores, o prisioneros. Algo de penoso museo de figuras de cera hay en ese quieto recinto: César armado y ocioso, Lavinia eternamente sentada junto a su padre, la certidumbre de que el día de mañana será como el de hoy, que fue como el de ayer, que fue como todos. Un pasaje ulterior del *Purgatorio* añade que las som-

---

[9] «en un lugar abierto, luminoso y alto» *(Inf.,* IV, 116).

... «Cuatro altas sombras saludan a Dante; no hay ni tristeza ni alegría en las caras; son Homero, Horacio, Ovidio y Lucano, y en la diestra de Homero hay una espada, símbolo de su primacía en la épica.» Ilustración por William Blake. *The Tate Gallery,* Londres.

Foto Museo

bras de los poetas, a quienes les está vedado escribir, puesto que están en el infierno, procuran distraer su eternidad con discusiones literarias [10].

Determinadas las razones técnicas, es decir, las razones de orden verbal que hacen espantoso al castillo, falta determinar las razones íntimas. Un teólogo de Dios diría que basta la ausencia de Dios para que sea terrible el castillo. Admitiría, acaso, una afinidad con

---

[10]   Dante, en los cantos iniciales de la *Comedia,* fue lo que Gioberti escribió que era en todo el poema, «un poco más que un simple testigo de la fábula inventada por él» *(Primato Civile e morale degli italiani,* 1840).

aquel terceto en que proclamó que las glorias terrenales son vanas:

> Non è 'l mondan romore altro ch'un fiato
> di vento, ch'or vien quinci e or vien quindi
> e muta nome perché muta lato [11].

Yo insinuaría otra razón de índole personal. En este
lugar de la *Comedia,* Homero, Horacio, Ovidio y Lucano son proyecciones o figuraciones de Dante, que se
sabía no inferior a esos grandes, en acto o en potencia.
Son tipos de lo que ya era Dante, para sí mismo y previsiblemente sería para los otros: un famoso poeta. Son
grandes sombras veneradas que reciben a Dante en su
cónclave:

> che'e' sì mi fecer della loro schiera
> sì ch'io fui sesto otra cotanto senno [12].

Son formas del incipiente sueño de Dante, apenas
desligadas del soñador. Hablan interminablemente de
letras (¿qué otra cosa pueden hacer?). Han leído la
Ilíada o la *Farsalia* o escriben la *Comedia;* son magistrales en el ejercicio de su arte y, sin embargo, están en
el infierno porque los olvida Beatriz.

---

[11]   «No es el rumor del mundo más que un soplo / de viento,
que ya viene de acá o ya de allá viene / y cambia nombre por cambiar de lado» *(Purg.* XI, 100-102).
[12]   «y así me hicieron de su comitiva, / que yo fui el sexto entre tan grandes sabios» *(Inf.,* IV, 101-102).

EL FALSO PROBLEMA DE UGOLINO

No he leído (nadie ha leído) todos los comentarios dantescos, pero sospecho que, en el caso del famoso verso 75 del canto penúltimo del *Infierno,* han creado un problema que parte de una confusión entre el arte y la realidad. En aquel verso, Ugolino de Pisa, tras narrar la muerte de sus hijos en la Prisión del Hambre, dice que el hambre pudo más que el dolor («Poscia, piú che'l dolor, potè il digiuno»)[1]. De este reproche debo excluir a los comentaristas antiguos, para quienes el verso no es problemático, pues todos interpretan que el dolor no pudo matar a Ugolino, pero sí el hambre. También lo entiende así Geoffrey Chaucer en el tosco resumen del episodio que intercaló en el ciclo de Canterbury.

Reconsideremos la escena. En el fondo glacial del noveno círculo, Ugolino roe infinitamente la nuca de Ruggieri degli Ubaldini y se limpia la boca sanguinaria con el pelo del réprobo. Alza la boca, no la cara, de

---

[1]   «Después más que el dolor pudo el ayuno.»

la feroz comida y cuenta que Ruggieri lo traicionó y lo encarceló con sus hijos. Por la angosta ventana de la celda vio crecer y decrecer muchas lunas, hasta la noche en que soñó que Ruggieri, con hambrientos mastines, daba caza en el flanco de una montaña a un lobo y sus lobeznos. Al alba oye los golpes del martillo que tapia la entrada de la torre. Pasan un día y una noche, en silencio. Ugolino, movido por el dolor, se muerde las manos; los hijos creen que lo hace por hambre y le ofrecen su carne, que él engendró. Entre el quinto y el sexto día los ve, uno a uno, morir. Después se queda ciego y habla con sus muertos y llora y los palpa en la sombra; después el hambre pudo más que el dolor.

He declarado el sentido que dieron a este paso los primeros comentadores. Así, Rambaldi de Imola en el siglo XIV: «Viene a decir que el hambre rindió a quien tanto dolor no pudo vencer y matar». Profesan esta opinión entre los modernos Francesco Torraca, Guido Vitali y Tommaso Casini. El primero ve estupor y remordimiento en las palabras de Ugolino; el último agrega: «Intérpretes modernos han fantaseado que Ugolino acabó por alimentarse de la carne de sus hijos, conjetura contraria a la naturaleza y a la historia», y considera inútil la controversia. Benedetto Croce piensa como él y sostiene que de las dos interpretaciones, la más congruente y verosímil es la tradicional. Bianchi, muy razonablemente, glosa: «Otros entienden que Ugolino comió la carne de sus hijos, interpretación improbable pero que no es lícito descartar». Luigi Pietrobono (sobre cuyo parecer volveré) dice que el verso es deliberadamente misterioso.

Antes de participar, a mi vez, en la *inutile contro-versia,* quiero detenerme un instante en el ofrecimiento unánime de los hijos. Estos ruegan al padre que retome esas carnes que él ha engendrado:

> [...] tu ne vestisti
> queste misere carni, e tu le spoglia[2].

Sospecho que este discurso debe causar una cre-ciente incomodidad en quienes lo admiran. De Sanctis *(Storia della Letteratura Italiana,* IX) pondera la im-prevista conjunción de imágenes heterogéneas; D'Ovi-dio admite que «esta gallarda y conceptuosa exposi-ción de un ímpetu filial casi desarma toda crítica». Yo tengo para mí que se trata de una de las muy pocas fal-sedades que admite la *Comedia.* La juzgo menos digna de esa obra que de la pluma de Malvezzi o de la vene-ración de Gracián. Dante, me digo, no pudo no sentir su falsía, agravada sin duda por la circunstancia casi coral de que los cuatro niños, a un tiempo, brindan el convite famélico. Alguien insinuará que enfrentamos una mentira de Ugolino, fraguada para justificar (para sugerir) el crimen anterior.

El problema histórico de si Ugolino della Gherar-desca ejerció en los primeros días de febrero de 1289 el canibalismo es, evidentemente, insoluble. El pro-blema estético o literario es de muy otra índole. Cabe enunciarlo así: ¿Quiso Dante que pensáramos que Ugolino (el Ugolino de su *Infierno,* no el de la historia)

---

[2] «[...] tú nos vestiste / con esta carne mísera, y puedes quitár-nosla» *(Inf.,* XXXIII, 62-63).

comió la carne de sus hijos? Yo arriesgaría la respuesta:
Dante no ha querido que lo pensemos, pero sí que lo sospechemos [3]. La incertidumbre es parte de su designio.
Ugolino roe el cráneo del arzobispo; Ugolino sueña con
perros de colmillos agudos que rasgan los flancos del
lobo («... e con l'agute scane / mi parea lor veder fender
li fianchi») [4]. Ugolino, movido por el dolor, se muerde
las manos: Ugolino oye que los hijos le ofrecen invero-
símilmente su carne; Ugolino, pronunciado el ambiguo
verso, torna a roer el cráneo del arzobispo. Tales actos
sugieren o simbolizan el hecho atroz. Cumplen una doble función: los creemos parte del relato y son profecías.

Robert Louis Stevenson (*Ethical Studies,* 110) observa que los personajes de un libro son sartas de palabras; a eso, por blasfematorio que nos parezca, se redu-
cen Aquiles y Peer Gynt, Robinsón Crusoe y don
Quijote. A eso también los poderosos que rigieron la
tierra: una serie de palabras es Alejandro y otra es
Atila. De Ugolino debemos decir que es una textura
verbal, que consta de unos treinta tercetos. ¿Debemos
incluir en esa textura la noción de canibalismo? Repito
que debemos sospecharla con incertidumbre y temor.
Negar o afirmar el monstruoso delito de Ugolino es
menos tremendo que vislumbrarlo.

El dictamen *Un libro es las palabras que lo componen* corre el albur de parecer un axioma insípido. Sin

---

[3]   Observa Luigi Pietrobono (*Infierno,* pág. 47) «que el *digiuno*
o afirma la culpa de Ugolino, pero la deja adivinar sin menoscabo
del arte o del rigor histórico. Basta que la juzguemos *posible*».

[4]   «[...] y con sus agudos colmillos / me parecía que se los hun-
dían en sus costados» (*Inf.,* XXXIII, 35-36).

Ugolino y sus hijos encarcelados por Ruggieri degli Ubaldini. Ilustración por William Blake. *British Museum,* Londres.

Foto John Freeman & Co.

embargo, todos propendemos a creer que hay una forma separable del fondo y que diez minutos de diálogo con Henry James nos revelarían el «verdadero» argumento de *Otra vuelta de tuerca.* Pienso que tal no es la verdad; pienso que Dante no supo mucho más de Ugolino que lo que sus tercetos refieren. Schopenhauer declaró que el primer volumen de su obra capital consta de un solo pensamiento y que no halló modo más breve de transmitirlo. Dante, a la inversa, diría que cuanto imaginó de Ugolino está en los debatidos tercetos.

En el tiempo real, en la historia, cada vez que un hombre se enfrenta con diversas alternativas opta por una y elimina y pierde las otras; no así en el ambiguo tiempo del arte, que se parece al de la esperanza y al del olvido. Hamlet, en ese tiempo, es cuerdo y es loco[5]. En la tiniebla de su Torre del Hambre, Ugolino devora y no devora los amados cadáveres, y esa ondulante imprecisión, esa incertidumbre, es la extraña materia de que está hecho. Así, con dos posibles agonías, lo soñó Dante y así lo soñarán las generaciones.

---

[5]   A título de curiosidad, cabe recordar dos ambigüedades famosas. La primera, *la sangrienta luna* de Quevedo, que es a la vez la de los campos de batalla y la de la bandera otomana; la otra, la *mortal moon* del soneto 107 de Shakespeare, que es la luna del cielo y la Reina Virgen.

EL ÚLTIMO VIAJE DE ULISES

Mi propósito es reconsiderar, a la luz de otros pasajes de la *Comedia,* el enigmático relato que Dante pone en boca de Ulises *(Infierno,* XXVI, 90, 142). En el ruinoso fondo de aquel círculo que sirve para castigo de los falsarios, Ulises y Diomedes arden sin fin, en una misma llama bicorne. Instado por Virgilio a referir de qué modo halló la muerte, Ulises narra que después de separarse de Circe, que lo retuvo más de un año en Gaeta, ni la dulzura del hijo, ni la piedad que le inspiraba Laertes, ni el amor de Penélope, vencieron en su pecho el ardor de conocer el mundo y los efectos y virtudes humanos. Con la última nave y con los pocos fieles que aún le quedaban, se lanzó al mar abierto; ya viejos, arribaron a la garganta donde Hércules fijó sus columnas. En ese término que un dios marcó a la ambición o al arrojo, instó a sus camaradas a conocer, ya que tan poco les restaba de vida, el mundo sin gente, los no usados mares antípodas. Les recordó su origen, les recordó que no habían nacido para vivir como los brutos, sino para buscar la virtud y el conocimiento. Navegaron al ocaso y después al Sur, y vieron todas las estrellas que abarca el hemisferio austral. Cinco meses hendieron el océano, y un día divisaron una montaña, parda, en el horizonte. Les pareció más alta que ninguna otra, y se regocijaron sus ánimos. Esa alegría no tardó en trocarse en dolor, porque se levantó una tormenta que hizo girar tres veces la nave, y a la cuarta la hundió, como plugo a Otro, y se cerró sobre ellos el mar.

Tal es el relato de Ulises. Muchos comentadores —desde el Anónimo Florentino a Raffaele Andreoli— lo estiman una digresión del autor. Juzgan que Ulises y Diomedes, falsarios, padecen en el foso de los falsarios («e dentro dalla lor fiamma si geme / l'agguato del caval...»)[1] y que el viaje de aquel no es otra cosa que un adorno episódico. Tommaseo, en cambio, cita un pasaje de la *Civitas Dei,* y pudo citar otro de Clemente de Alejandría, que niega que los hombres puedan llegar a la parte inferior de la tierra; Casini y Pietrobono, después, tachan de sacrílego el viaje. En efecto, la montaña entrevista por el griego antes que lo sepultara el abismo es la santa montaña del Purgatorio, prohibida a los mortales *(Purgatorio,* I, 130, 132). Acertadamente observa Hugo Friedrich: «El viaje acaba en una catástrofe, que no es mero destino de hombre de mar sino la palabra de Dios» *(Odysseus in der Hölle,* Berlín, 1942).

Ulises, al referir su empresa, la califica de insensata *(folle);* en el canto XXVII del *Paraíso* hay una referen-

---

[1] «y dentro de su llama allí se llora / la trampa del caballo...» *(Inf.,* XXVI, 58-59).

cia al *barco folle d'Ulisse,* a la insensata o temeraria travesía de Ulises. El adjetivo es el aplicado por Dante, en la selva oscura, a la tremenda invitación de Virgilio («temo che la venuta non sia folle»)[2]; su repetición es deliberada. Cuando Dante pisa la playa que Ulises, antes de morir, entrevió, dice que nadie ha navegado esas aguas y ha podido volver; luego refiere que Virgilio lo ciñó con un junco, *com'Altrui piacque*[3]: son las mismas palabras que dijo Ulises al declarar su trágico fin. Carlo Steiner escribe: «¿No habrá pensado Dante en Ulises, que naufragó a la vista de esta playa? Claro que sí. Pero Ulises quiso alcanzarla, fiado en sus propias fuerzas, desafiando los límites decretados a lo que puede el hombre. Dante, nuevo Ulises, la pisará como un vencedor, ceñido de humildad, y no lo guiará la soberbia sino la razón, iluminada por la gracia». Itera esa opinión August Rüegg *(Jenseitsvorstellungen vor Dante,* II, 114): «Dante es un aventurero que, como Ulises, pisa no pisados caminos, recorre mundos que no ha divisado hombre alguno y pretende las metas más difíciles y remotas. Pero ahí acaba el parangón. Ulises acomete a su cuenta y riesgo aventuras prohibidas; Dante se deja conducir por fuerzas más altas».

Justifican la distinción anterior dos famosos lugares de la *Comedia.* Uno, aquel en que Dante se juzga indigno de visitar los tres ultramundos («io non Enea, io non Paolo sono»)[4], y Virgilio declara la misión que le

---

[2]   «temo que sea una idea insensata» *(Inf.,* II, 35).

[3]   «como el otro [¿Catón, Dios?] quiso» *(Purg.,* I, 133).

[4]   «yo no soy Eneas, yo no soy Pablo» *(Inf.,* II, 32).

ha encomendado Beatriz; otro, aquel en que Caccia-
guida *(Paraíso,* XVII, 100-142) aconseja la publicación
del poema. Ante esos testimonios resulta inepto equiparar la peregrinación de Dante, que lleva a la visión beatí-
fica y al mejor libro que han escrito los hombres con la
sacrílega aventura de Ulises, que desemboca en el Infierno. Esta acción parece el reverso de aquella.

Tal argumento, sin embargo, importa un error. La
acción de Ulises es indudablemente el viaje de Ulises,
porque Ulises no es otra cosa que el sujeto de quien se
predica esa acción, pero la acción o empresa de Dante
no es el viaje de Dante, sino la ejecución de su libro. El
hecho es obvio, pero se propende a olvidarlo, porque
la *Comedia* está redactada en primera persona, y el
hombre que murió ha sido oscurecido por el protagonista inmortal. Dante era teólogo; muchas veces la escritura de la *Comedia* le habrá parecido no menos ardua, quizá no menos arriesgada y fatal, que el último
viaje de Ulises. Había osado fraguar los arcanos que la
pluma del Espíritu Santo apenas indica; el propósito
bien podía entrañar una culpa. Había osado equiparar a
Beatriz Portinari con la Virgen y con Jesús [5]. Había
osado anticipar los dictámenes del inescrutable Juicio
Final que los bienaventurados ignoran; había juzgado
y condenado las almas de papas simoníacos y había
salvado la del averroísta Siger, que enseñó el tiempo
circular [6]. ¡Qué afanes laboriosos para la gloria, que es
una cosa efímera!

---

[5]   Véase Giovanni Papini, *Dante vivo,* III, 34.
[6]   Véase Maurice de Wulf, *Histoire de la philosophie médié-
vale.*

Non è il mondan romore altro ch'un fiato
di vento, ch'or vien quinci e or vien quindi,
e muta nome perchè muta lato[7].

Verosímiles rastros de esa discordia perduran en el texto. Carlo Steiner ha reconocido uno de ellos en aquel diálogo en que Virgilio vence los temores de Dante y lo induce a emprender su inaudito viaje. Escribe Steiner: «El debate que, por una ficción ocurre con Virgilio, de veras ocurrió en la mente de Dante, cuando este no había aún decidido la composición del poema. Le corresponde aquel otro debate del canto XVII del *Paraíso,* que mira a su publicación. Compuesta la obra, ¿podría publicarla y desafiar la ira de sus enemigos? En los dos casos triunfó la conciencia de su valor y del alto fin que se había propuesto» *(Comedia,* 15). Dante, pues, habría simbolizado en tales pasajes un conflicto mental; yo sugiero que también lo simbolizó, acaso sin quererlo y sin sospecharlo, en la trágica fábula de Ulises, y que a esa carga emocional esta debe su tremenda virtud. Dante fue Ulises y de algún modo pudo temer el castigo de Ulises.

Una observación última. Devotas del mar y de Dante, las dos literaturas de idioma inglés han recibido algún influjo del Ulises dantesco. Eliot (y antes Andrew Lang y antes Longfellow) ha insinuado que de ese arquetipo glorioso procede el admirable *Ulysses* de Tennyson. No se ha indicado aún, que yo sepa, una afi-

---

[7] «No es el rumor del mundo más que un soplo / de viento, que ya viene de acá o ya de allá viene / y cambia nombre por cambiar de lado» *(Purg.,* XI, 100-102).

nidad más profunda: la del Ulises infernal con otro ca-
pitán desdichado: Ahab de *Moby Dick.* Este, como
aquel, labra su propia perdición a fuerza de vigilias y
de coraje; el argumento general es el mismo, el remate
es idéntico, las últimas palabras son casi iguales. Schopenhauer ha escrito que en nuestras vidas nada es invo-
luntario; ambas ficciones, a la luz de ese prodigioso
dictamen, son el proceso de un oculto e intrincado sui-
cidio.

Posdata de 1981: Se ha dicho que el Ulises de
Dante prefigura a los famosos exploradores que arriba-
rían, siglos después, a las costas de América y de la In-
dia. Siglos antes de la escritura de la *Comedia,* ese tipo
humano ya se había dado. Erico el Rojo descubrió la
isla de Groenlandia hacia el año 985; su hijo Leif, a
principios del siglo XI, desembarcó en el Canadá.
Dante no pudo saber esas cosas. Lo escandinavo tiende
a ser secreto, a ser como si fuera un sueño.

EL VERDUGO PIADOSO

Dante (nadie lo ignora) pone a Francesca en el Infierno y oye con infinita compasión la historia de su culpa. ¿Cómo atenuar esa discordia, cómo justificarla? Vislumbro cuatro conjeturas posibles.

La primera es técnica. Dante, determinada la forma general de su libro, pensó que este podía degenerar en un vano catálogo de nombres propios o en una descripción topográfica si no lo amenizaban las confesiones de las almas perdidas. Este pensamiento le hizo alojar en cada uno de los círculos de su infierno a un réprobo interesante y no demasiado lejano. (Lamartine, agobiado por esos huéspedes, dijo que la *Comedia* era una *gazette florentine*.) Naturalmente, convenía que las confesiones fueran patéticas; podían serlo sin riesgo ya que el autor, encarcelando a los narradores en el Infierno, quedaba libre de toda sospecha de complicidad. Esta conjetura (cuya noción de un orbe poético impuesto a una árida novela teológica ha sido razonada por Croce) es quizá la más verosímil, pero tiene algo de mezquino o de vil y no parece condecir con nuestro concepto de Dante. Además, las interpretaciones de un libro tan infinito como la *Comedia* no pueden ser tan simples.

La segunda equipara, según la doctrina de Jung [1], las invenciones literarias a las invenciones oníricas. Dante, que es nuestro sueño ahora, soñó la pena de Francesca y soñó su lástima. Observa Schopenhauer que, en los sueños, puede asombrarnos lo que oímos y vemos, aunque ello tiene su raíz, en última instancia, en nosotros; Dante, parejamente, pudo apiadarse de lo soñado o inventado por él. También cabría decir que Francesca es una mera proyección del poeta, como, por lo demás, lo es el mismo Dante, en su carácter de viajero infernal. Sospecho, sin embargo, que esta conjetura es falaz, pues una cosa es atribuir a libros y a sueños un origen común y otra tolerar en los libros la inconexión y la irresponsabilidad de los sueños.

La tercera, como la primera, es de índole técnica. Dante, en el decurso de la *Comedia,* tuvo que anticipar

---

[1]   De algún modo la prefigura la clásica metáfora del sueño como función teatral. Así Góngora, en el soneto «Varia imaginación» («El sueño, autor de representaciones. / En su teatro sobre el viento armado / sombras suele vestir de bulto bello»); así Quevedo, en el *Sueño de la muerte* («Luego que desembarazada el alma se vio ociosa, sin la tarea de los sentidos exteriores, me embistió de esta manera la comedia siguiente; y así la recitaron mis potencias a oscuras, siendo yo para mis fantasías auditorio y teatro»); así Joseph Addison, en el número 487 del *Spectator* («el alma, cuando sueña, es teatro, autores y auditorio»). Siglos antes, el panteísta Umar Khyyám compuso una estrofa que la versión literal de McCarthy traduce de este modo: «Ya de nadie conocido te ocultas; ya te despliegas en todas las cosas creadas. Para tu propio deleite ejecutas estas maravillas, siendo a la vez el espectáculo y el espectador».

las inescrutables decisiones de Dios. Sin otra luz que la de su mente falible, se lanzó a adivinar algunos dictámenes del Juicio Universal. Condenó, siquiera como ficción literaria, a Celestino V y salvó a Siger de Brabante, que defendió la tesis astrológica del Eterno Retorno.

Para disimular esa operación, definió a Dios, en el *Infierno,* por su justicia («Giustizia mosse il mio alto fattore»)[2] y guardó para sí los atributos de la comprensión y de la piedad. Perdió a Francesca y se condolió de Francesca. Benedetto Croce declara: «Dante, como teólogo, como creyente, como hombre ético, condena a los pecadores; pero sentimentalmente no condena y no absuelve» *(La poesía di Dante,* 78)[3].

La cuarta conjetura es menos precisa. Requiere, para ser entendida, una discusión liminar. Consideremos dos proposiciones: una, los asesinos merecen la pena de muerte; otra, Rodion Raskolnikov merece la pena de muerte. Es indudable que las proposiciones no son sinónimas. Paradójicamente, ello no se debe a que sean concretos los asesinos y abstracto o ilusorio Raskolnikov, sino a lo contrario. El concepto de asesinos denota una mera generalización: Raskolnikov, para quien ha leído su historia, es un ser verdadero. En la realidad no hay, estrictamente, asesinos; hay individuos a quienes la torpeza de los lenguajes incluye en ese indeter-

---

[2]   «La justicia movió a mi alto Hacedor.»
[3]   Andrew Lang refiere que Dumas lloró cuando dio muerte a Porthos. Parejamente sentimos la emoción de Cervantes, cuando muere Alonso Quijano: «el cual entre compasiones y lágrimas los que allí se hallaron, dio su espíritu; quiero decir que se murió».

minado conjunto. (Tal es, en último rigor, la tesis no-
minalista de Roscelín y de Guillermo de Occam.) En
otras palabras, quien ha leído la novela de Dostoievsky
ha sido, en cierto modo, Raskolnikov y sabe que su
«crimen» no es libre, pues una red inevitable de circunstancias lo prefijó y lo impuso. El hombre que mató
no es un asesino, el hombre que robó no es un ladrón,
el hombre que mintió no es un impostor; eso lo saben
(mejor dicho, lo sienten) los condenados; por ende, no
hay castigo sin injusticia. La ficción jurídica *el asesino*
bien puede merecer la pena de muerte, no el desventu-
rado que asesinó, urgido por su historia pretérita y
quizá —¡oh marqués de Laplace!— por la historia del
universo. Madame de Staël ha compendiado estos ra-
zonamientos en una sentencia famosa: «Tout compren-
dre c'est tout pardonner».

Dante refiere con tan delicada piedad la culpa de
Francesca que todos la sentimos inevitable. Así también hubo de sentirla el poeta, a despecho del teólogo
que argumentó en el *Purgatorio* (XVI, 70) que si los
actos dependieran del influjo estelar, quedaría anulado
nuestro albedrío y sería una injusticia premiar el bien y
castigar el mal[4].

Dante comprende y no perdona; tal es la paradoja
insoluble. Yo tengo para mí que la resolvió más allá de
la lógica. Sintió (no comprendió) que los actos del
hombre son necesarios y que asimismo es necesaria la

---

[4]   Véase *De monarchia,* I, 14; *Purgatorio,* XVIII, 73; *Paraíso,*
V, 19. Más elocuente aún es la gran palabra del canto XXXI: «Tu
m'hai di servo tratto a libertate» [«Me has traído de siervo a liber-
tad.»] *(Paraíso,* 85).

eternidad, de bienaventuranza o de perdición, que estos le acarrean. También los espinocistas y los estoicos negaron el libre albedrío, también los espinocistas y los estoicos promulgaron leyes morales. Huelga recordar a Calvino, cuyo *decretum Dei absolutum* predestina a los unos al infierno y a los otros al cielo. Leo en el discurso preliminar del *Alkoran* de Sale que una de las sectas islámicas defiende esa opinión.

La cuarta conjetura, como se ve, no desata el problema. Se limita a plantearlo, de modo enérgico. Las otras conjeturas eran lógicas; esta, que no lo es, me parece la verdadera.

DANTE Y LOS VISIONARIOS ANGLOSAJONES

En el canto X del *Paraíso,* Dante refiere que ascendió a la esfera del sol y que vio sobre el disco de ese planeta —el sol es un planeta en la economía dantesca— una ardiente corona de doce espíritus, más luminosos que la luz contra la cual se destacaban. Tomás de Aquino, el primero, le declara el nombre de los demás; el séptimo es Beda. Los comentadores explican que se trata de Beda el Venerable, diácono del monasterio de Jarrow y autor de la *Historia ecclesiastica gentis Anglorum.*

Pese al epíteto, esa primera historia de Inglaterra, que se redactó en el siglo VIII, trasciende lo eclesiástico. Es la obra conmovida y personal de un investigador escrupuloso y de un hombre de letras. Beda dominaba el latín y conocía el griego y a su pluma suele acudir, espontáneamente, un verso de Virgilio. Todo le interesaba: la historia universal, la exégesis de la *Escritura,* la música, las figuras de la retórica [1], la orto-

---

[1]   Beda buscó en la *Escritura* sus ejemplos de figuras retóricas. Así, para la sinécdoque, donde se toma la parte por el todo, citó el

grafía, los sistemas de numeración, las ciencias naturales, la teología, la poesía latina y la poesía vernácula. Hay, sin embargo, un punto sobre el cual deliberadamente guarda silencio. En su crónica de las tenaces misiones que acabaron por imponer la fe de Jesús a los reinos germánicos de Inglaterra, Beda pudo haber hecho para el paganismo sajón lo que Snorri Sturluson, unos quinientos años después, haría para el escandinavo. Sin traicionar el piadoso propósito de la obra, pudo haber declarado, o bosquejado, la mitología de sus mayores. Previsiblemente no lo hizo. La razón es obvia: la religión, o mitología, de los germanos estaba aún muy cerca. Beda quería olvidarla; quería que su Inglaterra la olvidara. Nunca sabremos si a los dioses que adoró Hengist los aguarda un crepúsculo y si en aquel día tremendo en que el sol y la luna serán devorados por lobos, partirá de la región del hielo una nave hecha de uñas de muertos. Nunca sabremos si esas perdidas divinidades formaban un panteón o si eran, como Gibbon sospechó, vagas supersticiones de bárbaros. Fuera de la sentencia ritual *cujus pater Voden,* que figura en todas sus genealogías de linajes reales, y del caso de aquel rey precavido que tenía un altar para Jesús y otro, menor, para los demonios, poco hizo Beda para satisfacer la futura curiosidad de los germanistas. En cambio se apartó del recto camino cronológico para registrar visiones ultraterrenas que prefiguran la obra de Dante.

---

versículo 14 del primer capítulo del Evangelio según Juan: «Y aquel Verbo fue hecho carne...». En rigor, el Verbo no sólo se hizo carne, sino huesos, cartílagos, agua y sangre.

Las nueve esferas del Paraíso, entre ellas la del sol, a la que ascendió Dante, según nos refiere, él mismo, en el décimo canto del Paraíso. Ilustración por William Blake. *Ashmoleam Museum,* Oxford.

Foto Museo

Recordemos una. Fursa, nos dice Beda, fue un asceta irlandés que había convertido a muchos sajones. En el curso de una enfermedad fue arrebatado por los ángeles en espíritu y subió al cielo. Durante la ascensión vio cuatro fuegos que enrojecían el aire negro, no muy distantes uno de otro. Los ángeles le explicaron que esos fuegos consumirán el mundo y que sus nombres son Discordia, Iniquidad, Mentira y Codicia. Los fuegos se agrandaron hasta juntarse y llegaron a él; Fursa temió, pero los ángeles le dijeron: *No te quemará el fuego que no encendiste*. En efecto, los ángeles dividieron las llamas y Fursa llegó al paraíso, donde vio cosas admirables. Al volver a la tierra, fue amenazado una segunda vez por el fuego, desde el cual un demonio le arrojó el alma candente de un réprobo, que le quemó el hombro derecho y el mentón. Un ángel le dijo: *Ahora te quema el fuego que has encendido. En la tierra aceptaste la ropa de un pecador; ahora su castigo te alcanzará*. Fursa conservó los estigmas de la visión hasta el día de su muerte.

Otra de las visiones es la de un hombre de Nortumbria, llamado Drycthelm. Este, al cabo de una enfermedad que duró varios días, murió al anochecer y repentinamente resucitó cuando rayaba el alba. Su mujer estaba velándolo; Drycthelm le dijo que en verdad había renacido de entre los muertos y que se proponía vivir de un modo muy distinto. Después de orar, dividió su hacienda en tres partes, y dio la primera a su mujer, la segunda a sus hijos y la última y tercera a los pobres. A todos dijo adiós y se retiró a un monasterio, donde su vida rigurosa era testimonio de las cosas deseables o espantables que le fueron reveladas aquella noche en que estuvo muerto y que contaba así: «Quien me guió era de cara resplandeciente y su vestidura fulgía. Fuimos caminando en silencio, creo que hacia el Noreste. Dimos en un valle profundo y ancho y de interminable extensión; a la izquierda había fuego, a la derecha remolinos de granizo y de nieve. Las tempestades arrojaban de un lado a otro una muchedumbre de almas en pena, de suerte que los miserables que huían del fuego que no se apaga daban en el frío glacial y así infinitamente. Pensé que esas regiones crueles bien pudieran ser el infierno, pero la forma que me precedía me dijo: *No estás aún en el Infierno.* Avanzamos y la oscuridad fue agravándose y yo no percibía otra cosa que el resplandor de quien me guiaba. Incontables esferas de fuego negro subían de una sima profunda y en ella recaían. Mi guía me abandonó y quedé solo entre las incesantes esferas que estaban llenas de almas. Un hedor subió de la sima. Me detuve poseído por el temor y al cabo de un espacio de tiempo que me pareció interminable, oí a mi espalda desolados lamentos y ásperas carcajadas, como si una turba se burlara de enemigos cautivos. Un feliz y feroz tropel de demonios arrastraba al centro de la oscuridad cinco almas hermanas. Una estaba tonsurada, como un clérigo, otra era una mujer. Fueron perdiéndose en la hondura; las lamentaciones humanas se confundieron con las carcajadas demoniacas y en mi oído persistió el informe rumor. Negros espíritus me rodearon surgidos de las profundidades del fuego y me aterraron con sus ojos y con sus llamas, aunque sin atreverse a tocarme. Cercado de enemigos y de tiniebla, no atiné a defenderme. Por el camino vi venir una estrella, que se agrandaba y se

acercaba. Los demonios huyeron y vi que la estrella
era el ángel. Este dobló por la derecha y nos dirigimos
al Sur. Salimos de la sombra a la claridad y de la claridad a la luz y vi después una muralla, infinita a lo alto
y hacia los lados. No tenía puertas ni ventanas y no en-
tendí por qué nos acercábamos a la base. Bruscamente,
sin saber cómo, ya estuvimos arriba y pude divisar una
dilatada y florida pradera cuya fragancia disipó el hedor de las infernales prisiones. Personas ataviadas de
blanco poblaban la pradera; mi guía me condujo por
esas asambleas felices y yo di en pensar que tal vez ese
era el reino de los cielos, del que había oído tantas pon-
deraciones, pero mi guía me dijo: *No estás aún en el
cielo.* Más allá de tales moradas había una luz espléndida y adentro voces de personas cantando y una fragancia tan admirable que borró a la anterior. Cuando
yo creí que entraríamos en aquel lugar de delicias, mi
guía me detuvo y me hizo desandar el largo camino.
Me declaró después que el valle del frío y del fuego
era el purgatorio; la sima, la boca del infierno; la pradera, el sitio de los justos que aguardan el Juicio Universal, y el lugar de la música y de la luz, el reino de
los cielos. *Y a ti —agregó—, que ahora regresarás a
tu cuerpo y habitarás de nuevo entre los hombres, te
digo que si vives con rectitud, tendrás tu lugar en la
pradera y después en el cielo, porque si te dejé solo un
espacio, fue para preguntar cuál sería tu futuro destino. Duro me pareció volver a este cuerpo, pero no me
atreví a decir palabra, y me desperté en la tierra.»*

En la historia que acabo de transcribir se habrán per-
cibido pasajes que recuerdan —habría que decir que
prefiguran— otros de la obra dantesca. Al monje no lo

En el canto 12 del Purgatorio, Dante y Virgilio se encuentran con un ángel que les muestra el camino, de la misma forma que Fursa, tal como nos cuenta Beda, fue ayudado por ángeles durante su ascensión al cielo. Ilustración por William Blake. *British Museum,* Londres.

Foto John Freeman & Co.

quema el fuego no encendido por él; Beatriz, parejamente, es invulnerable al fuego del infierno («nè
fiamma d'esto incendio non m'assale»)[2].

A la derecha de aquel valle que parece no tener fin,
tempestades de granizo y de hielo castigan a los réprobos; en el círculo tercero los epicúreos sufren la misma
pena. Al hombre de Nortumbria lo desespera el aban-
dono momentáneo del ángel; a Dante el de Virgilio
(«Virgilio a cui per mia salute die'mi»)[3]. Drycthelm no
sabe cómo ha podido subir a lo alto del muro; Dante
cómo ha podido atravesar el triste Aqueronte.

De mayor interés que estas correspondencias, que
ciertamente no he agotado, son los rasgos circunstan-
ciales que Beda entreteje en su relación y que prestan
singular verosimilitud a las visiones ultraterrenas. Bás-
teme recordar la perduración de las quemaduras, el hecho de que el ángel adivine el silencioso pensamiento
del hombre, la fusión de las risas con los lamentos y la
perplejidad del visionario ante el alto muro. Quizá una
tradición oral trajo esos rasgos a la pluma del historiador; lo cierto es que ya encierran esa unión de lo personal y de lo maravilloso que es típica de Dante y que
nada tiene que ver con los hábitos de la literatura ale-
górica.

¿Leyó Dante alguna vez la *Historia Ecclesiastica?*
Es harto probable que no. La inclusión del nombre de
Beda (convenientemente bisílabo para el verso) en un
censo de teólogos, prueba, en buena lógica, poco. En

---

[2]   «ni la llama de este incendio herir me puede» *(Inf.,* II, 93).
[3]   «Virgilio a quien para salvarme me entregué» *(Purg.,* XXX, 51).

la Edad Media la gente confiaba en la gente; no era
preciso leer los volúmenes del docto anglosajón para
admitir su autoridad, como no era preciso haber leído
los poemas homéricos, recluidos en una lengua casi secreta, para saber que Homero («Mira colui con quella
spada in mano»)[4] bien podía capitanear a Ovidio, a Lucano y a Horacio. Otra observación cabe hacer. Para
nosotros, Beda es un historiador de Inglaterra; para sus
lectores medievales era un comentador de las Escritu-
ras, un retórico y un cronólogo. Una historia de la entonces vaga Inglaterra no tenía por qué atraer especialmente a Dante.

Que Dante conociera o no las visiones registradas
por Beda es menos importante que el hecho de que este
las incluyó en su obra histórica, juzgándolas dignas de
memoria. Un gran libro como la *Divina Comedia* no es
el aislado o azaroso capricho de un individuo; muchos
hombres y muchas generaciones tendieron hacia él. In-
vestigar sus precursores no es incurrir en una misera-
ble tarea de carácter jurídico o policial; es indagar los
movimientos, los tanteos, las aventuras, las vislumbres
y las premoniciones del espíritu humano.

---

[4]   «Mira a aquel con esa espada en mano» *(Inf.,* IV, 86).

«PURGATORIO», I, 13

Como todas las palabras abstractas, la palabra *metáfora* es una metáfora, ya que vale en griego por traslación. Consta, por lo general, de dos términos. Momentáneamente, uno se convierte en el otro. Así, los sajones apodaron al mar *camino de la ballena* o *camino del cisne*. En el primer ejemplo, la grandeza de la ballena conviene a la grandeza del mar; en el segundo, la pequeñez del cisne contrasta con lo vasto del mar. Nunca sabremos si quienes forjaron esas metáforas advirtieron esas connotaciones. En el verso 60 del canto I del *Infierno* se lee: «mi ripigneva là dove'l sol tace» [1].

Donde el sol calla; el verbo auditivo expresa una imagen visual. Recordemos el famoso hexámetro de *La Eneida:* «a Tenedo, tacitae per amica silentia lunae».

Más allá de la fusión de dos términos, mi propósito actual es el examen de tres curiosas líneas.

---

[1]   «me hacía volver allí donde el sol calla».

La primera es el verso 13 del canto I del *Purgatorio:* «Dolce color d'oriental zaffiro»[2].

Buti declara que el zafiro es una piedra preciosa de color entre celeste y azul, muy deleitable a la vista y que el zafiro oriental es una variedad que se encuentra en Media.

Dante, en el verso precitado, sugiere el color del Oriente por un zafiro en cuyo nombre está el Oriente. Insinúa así un juego recíproco que bien puede ser infinito[3].

En las *Hebrew Melodies* (1815), de Byron, he descubierto un artificio análogo: «She walks in beauty, like the night».

Camina en esplendor, como la noche; para aceptar este verso, el lector debe imaginar una mujer alta y morena que camina como la Noche, que es a su vez una mujer alta y morena, y así hasta el infinito[4].

El tercer ejemplo es de Robert Browning. Lo incluye la dedicatoria del vasto poema dramático *The*

---

[2]   «Dulce color de oriental zafiro.»

[3]   Leemos en la estrofa inicial de las *Soledades* de Góngora:

> Era del año la estación florida
> en que el mentido robador de Europa,
> media luna las armas de su frente
> y el Sol todos los rayos de su pelo
> luciente honor del cielo,
> en campo de zafiros pasce estrellas;

El verso del *Purgatorio* es delicado; el de las *Soledades* es deliberadamente ruidoso.

[4]   Baudelaire ha escrito en *Recueillement:* «Entends, ma chère, entends, la douce Nuit qui marche». El silencioso andar de la noche no debería oírse.

Dante se arrodilla e inclina la vista, mientras Virgilio, a instancias de Catón, prepara el junco que ha de ceñirse Dante como signo de humildad. A la izquierda la montaña del Purgatorio, y al fondo, un suave color de zafiro oriental invade el aire puro. Ilustración por William Blake. *The Tate Gallery*, Londres.

Foto Museo

Ring and the Book (1868): «O lyric Love, half angel and half bird...».

El poeta dice de Elizabeth Barrett, que ha muerto, que es mitad ángel y mitad pájaro, pero el ángel ya es mitad pájaro, y se propone así una subdivisión, que puede ser interminable.

No sé si puedo incluir en esta antología casual el discutido verso de Milton *(Paradise Lost,* IV, 323): «... the fairest of her daughters, Eve».

La más hermosa de sus hijas, Eva; para la razón, el verso es absurdo; para la imaginación, tal vez no lo sea.

EL SIMURGH Y EL ÁGUILA

Literariamente ¿qué podrá rendir la noción de un ser compuesto de otros seres, de un pájaro (digamos) hecho de pájaros?[1]. El problema, así formulado, sólo parece consentir soluciones triviales, cuando no activamente desagradables. Diríase que lo agota el *monstrum horrendum ingens,* numeroso de plumas, ojos, lenguas y oídos, que personifican la Fama (mejor dicho, el Escándalo o el Rumor) en la cuarta Eneida, o aquel extraño rey hecho de hombres que llena el frontispicio del *Leviatán,* armado con la espada y el báculo. Francis Bacon *(Essays,* 1625) alabó la primera de esas imágenes; Chaucer y Shakespeare la imitaron; nadie, ahora, la juzgará muy superior a la de la «fiera Aqueronte» que, según consta en los cincuenta y tantos manuscritos de la *Visio Tundali,* guarda en la curva de su

---

[1] Análogamente, en la *Monadología* (1714), de Leibniz, se lee que el universo está hecho de ínfimos universos, que a su vez contienen el universo, y así hasta el infinito.

vientre a los réprobos, donde los atormentan perros, osos, leones, lobos y víboras.

La noción abstracta de un ser compuesto de otros seres no parece pronosticar nada bueno; sin embargo, a ella corresponden, de increíble manera, una de las figuras más memorables de la literatura occidental y otra de la oriental. Describir esas prodigiosas ficciones es el fin de esta nota. Una fue concebida en Italia; la otra en Nishapur.

La primera está en el canto XVIII del *paraíso*. Dante, en su viaje por los cielos concéntricos, advierte una mayor felicidad en los ojos de Beatriz, un mayor poderío de su belleza y comprende que han ascendido del bermejo cielo de Marte al cielo de Júpiter. En el dilatado ámbito de esa esfera donde la luz es blanca, vuelan y cantan celestiales criaturas, que sucesivamente forman las letras de la sentencia *Diligite justitia* y luego la cabeza de un águila no copiada por cierto de las terrenas sino directa fábrica del Espíritu. Resplandece después el águila entera; la componen millares de reyes justos; habla, símbolo manifiesto del Imperio, con una sola voz, y articula *yo* en lugar de *nosotros* (*Paraíso,* XIX, 11). Un antiguo problema fatigaba la conciencia de Dante: ¿No es injusto que Dios condene por falta de fe a un hombre de vida ejemplar que ha nacido en la margen del Indo y que nada puede saber de Jesús? El Águila responde con la oscuridad que conviene a las revelaciones divinas; reprueba la osada interrogación, repite que es indispensable la fe en el Redentor y sugiere que Dios puede haber infundido esa fe en ciertos paganos virtuosos. Afirma que entre los bienaventurados están el emperador Trajano y Rifeo, anterior este y posterior aquel a la Cruz [2]. (Espléndida en el siglo XIV, la aparición del Águila es quizá menos eficaz en el XX, que dedica las águilas luminosas y las altas letras de fuego a la propaganda comercial. Véase Chesterton, *What I saw in America,* 1922.)

Que alguien haya logrado superar una de las grandes figuras de la *Comedia* parece, con razón, increíble; el hecho, sin embargo, ha ocurrido. Un siglo antes de que Dante concibiera el emblema del Águila, Farid al-Din Attar, persa de la secta de los sufíes, concibió el extraño Simurgh (Treinta Pájaros), que virtualmente lo corrige y lo incluye. Farid al-Din Attar nació en Nishapur [3], patria de turquesas y espadas. Attar quiere decir en persa el que trafica en drogas. En las *Memorias de los Poetas* se lee que tal era su oficio. Una tarde entró un derviche en la droguería, miró los muchos pastilleros y frascos y se puso a llorar. Attar, inquieto y asombrado, le pidió que se fuera. El derviche le contestó: «A mí nada me cuesta partir, nada llevo conmigo. A ti en cambio te costará decir adiós a los tesoros que es-

---

[2] Pompeo Venturi desaprueba la elección de Rifeo, varón que sólo había existido hasta esa apoteosis en unos versos de la *Eneida* (II, 339, 426). Virgilio lo declara el más justo de los troyanos y agrega a la noticia de su fin la resignada elipsis: *Dies aliter visum* (De otra manera la determinaron los dioses). No hay en toda la literatura otro rastro de él. Acaso Dante lo eligió como símbolo, en virtud de su vaguedad. Véanse los comentarios de Casini (1921) y de Guido Vitali (1943).

[3] Katibi, autor de la *Confluencia de los dos mares,* declaró: «Soy del jardín de Nishapur, como Attar, pero yo soy la espina de Nishapur y él era la rosa».

toy viendo». El corazón de Attar se quedó frío como alcanfor. El derviche se fue, pero a la mañana siguiente, Attar abandonó su tienda y los quehaceres de este mundo.

Peregrino a la Meca, atravesó el Egipto, Siria, el Turquestán y el norte del Indostán; a su vuelta se entregó con fervor a la contemplación de Dios y a la composición literaria. Es fama que dejó veinte mil dísticos; sus obras se titulan *Libro del ruiseñor, Libro de la adversidad, Libro del consejo, Libro de los misterios, Libro del conocimiento divino, Memorias de los santos, El rey y la rosa, Declaración de maravillas* y el singular *Coloquio de los pájaros (Mantiq-al-Tayr)*. En los últimos años de su vida, que se dice alcanzaron a ciento diez, renunció a todos los placeres del mundo, incluso la versificación. Le dieron muerte los soldados de Tule, hijo de Zingis Jan. La vasta imagen que he mentado es la base del *Mantiq-al-Tayr.* He aquí la fábula del poema.

El remoto rey de los pájaros, el Simurgh, deja caer en el centro de la China una pluma espléndida; los pájaros resuelven buscarlo, hartos de su antigua anarquía. Saben que el nombre de su rey quiere decir treinta pájaros; saben que su alcázar está en el Kaf, la montaña circular que rodea la tierra.

Acometen la casi infinita aventura; superan siete valles o mares; el nombre del penúltimo es Vértigo; el último se llama Aniquilación. Muchos peregrinos desertan; otros perecen. Treinta, purificados por los trabajos, pisan la montaña del Simurgh. La contemplan al fin: perciben que ellos son el Simurgh y que el Simurgh es cada uno de ellos y todos. En el Simurgh están los treinta pájaros y en cada pájaro el Simurgh[4]. (También Plotino —*Eneadas,* V, 8.4— declara una extensión paradisiaca del principio de identidad: *Todo, en el cielo inteligible, está en todas partes. Cualquier cosa es todas las cosas. El sol es todas las estrellas, y cada estrella es todas las estrellas, y cada estrella es todas las estrellas y el sol.*)

La disparidad entre el Águila y el Simurgh no es menos evidente que el parecido. El Águila no es más que inverosímil; el Simurgh imposible. Los individuos que componen el Águila no se pierden en ella (David hace de pupila del ojo, Trajano, Ezequías y Constantino, de cejas): los pájaros que miran el Simurgh son también el Simurgh. El Águila es un símbolo momentáneo, como antes lo fueron las letras, y quienes lo dibujan no dejan de ser quienes son; el ubicuo Simurgh es inextricable. Detrás del Águila está el Dios personal de Israel y de Roma; detrás del mágico Simurgh está el panteísmo.

Una observación última. En la parábola del Simurgh es notorio el poder imaginativo; menos enfática pero no menos real es su economía o rigor. Los peregrinos buscan una meta ignorada, esa meta, que sólo conoceremos al fin, tiene la obligación de maravillar y no ser o parecer una añadidura. El autor desata la dificultad

---

[4] Silvina Ocampo (*Espacios métricos,* 12) ha versificado así el episodio:

> Era Dios ese pájaro como un enorme espejo;
> los contenía a todos; no era un mero reflejo.
> En sus plumas hallaron cada uno sus plumas,
> en los ojos, los ojos con memorias de plumas.

con elegancia clásica; diestramente, los buscadores son lo que buscan. No de otra suerte David es el oculto protagonista de la historia que le cuenta Natán (2, *Samuel,* 12); no de otra suerte De Quincey ha conjeturado que el hombre Edipo, no el hombre en general, es la profunda solución del enigma de la Esfinge Tebana.

EL ENCUENTRO EN UN SUEÑO

Superados los círculos del Infierno y las arduas terrazas del Purgatorio, Dante, en el Paraíso terrenal, ve por fin a Beatriz; Ozanam conjetura que la escena (ciertamente una de las más asombrosas que la literatura ha alcanzado) es el núcleo primitivo de la *Comedia*. Mi propósito es referirla, resumir lo que dicen los escoliastas y presentar alguna observación, quizá nueva, de índole psicológica.

La mañana del trece de abril del año 1300, en el día penúltimo de su viaje, Dante, cumplidos sus trabajos, entra en el Paraíso terrenal, que corona la cumbre del Purgatorio. Ha visto el fuego temporal y el eterno, ha atravesado un muro de fuego, su albedrío es libre y es recto. Virgilio lo ha mitrado y coronado sobre sí mismo («per ch'io te sovra te corono e mitrio»)[1]. Por los senderos del antiguo jardín llega a un río más puro que ningún otro, aunque los árboles no dejan que lo ilu-

---

[1] «por lo que aquí y sobre ti te corono e impongo la mitra» *(Purg.*, XXVII, 142).

mine ni la luna ni el sol. Corre por el aire una música y en la otra margen se adelanta una procesión misteriosa. Veinticuatro ancianos vestidos de ropas blancas y cuatro animales con seis alas alrededor, tachonadas de ojos abiertos, preceden un carro triunfal, tirado por un grifo; a la derecha bailan tres mujeres, de las que una es tan roja que apenas la veríamos en el fuego; a la izquierda, cuatro, de púrpura, de las que una tiene tres ojos. El carro se detiene y una mujer velada aparece; su traje es del color de una llama viva. No por la vista, sino por el estupor de su espíritu y por el temor de su sangre, Dante comprende que es Beatriz. En el umbral de la Gloria siente el amor que tantas veces lo había traspasado en Florencia. Busca el amparo de Virgilio, como un niño azorado, pero Virgilio ya no está junto a él.

> Ma Virgilio n'avea lasciati scemi
> di sè, Virgilio dolcissimo patre,
> Virgilio a cui per mia salute die' mi [2].

Beatriz lo llama por su nombre, imperiosa. Le dice que no debe llorar la desaparición de Virgilio sino sus propias culpas. Con ironía le pregunta cómo ha condescendido a pisar un sitio donde el hombre es feliz. El aire se ha poblado de ángeles; Beatriz les enumera, implacable, los extravíos de Dante. Dice que en vano ella lo buscaba en los sueños pues él tan abajo cayó que no

---

[2] «Mas ya Virgilio nos había privado / de sí, Virgilio dulcísimo padre, / Virgilio a quien para salvarme me entregué» *(Purg.,* XXX, 49-51).

Dante ve, en la otra margen del río, la procesión del carro triunfal sobre el que va Beatriz. Ilustración por William Blake. *British Museum,* Londres.

Foto John Freeman & Co.

hubo otra manera de salvación que mostrarle los réprobos. Dante baja los ojos, abochornado, y balbucea y llora. Los seres fabulosos escuchan; Beatriz lo obliga a confesarse públicamente... Tal es, en mala prosa española, la lastimada escena del primer encuentro con Beatriz en el Paraíso. Curiosamente observa Theophil Spoerri *(Einführung in die Göttliche Komödie,* Zurich, 1946): «Sin duda el mismo Dante había previsto de otro modo ese encuentro. Nada indica en las páginas anteriores que ahí lo esperaba la mayor humillación de su vida».

Figura por figura descifran los comentadores la escena. Los veinticuatro ancianos preliminares del Apocalipsis (4, 4) son los veinticuatro libros del Viejo Testamento, según el *Prologus Galeatus* de San Jerónimo. Los animales con seis alas son los evangelistas (Tommaseo) o los Evangelios (Lombardi). Las seis alas son las seis leyes (Pietro di Dante) o la difusión de la doctrina en las seis direcciones del espacio (Francesco da Buti). El carro es la Iglesia universal; las dos ruedas son los dos Testamentos (Buti) o la vida activa y la contemplativa (Benvenuto da Imola) o Santo Domingo y San Francisco *(Paraíso,* XII, 106-111) o la Justicia y la Piedad (Luigi Pietrobono). El grifo —león y águila— es Cristo, por la unión hipostática del Verbo con la naturaleza humana; Didron mantiene que es el Papa «que como pontífice o águila, se eleva hasta el trono de Dios a recibir sus órdenes y como león o rey anda por la tierra con fortaleza y vigor». Las mujeres que danzan a la derecha son las virtudes teologales; las que danzan a la izquierda, las cardinales. La mujer dotada de tres ojos es la Prudencia, que ve lo pasado, lo presente y lo porvenir. Surge Beatriz y desaparece Virgilio, porque Virgilio es la razón y Beatriz la fe. También según Vitali porque a la cultura clásica sucedió la cultura cristiana.

Las interpretaciones que he enumerado son, sin duda, atendibles. Lógicamente (no poéticamente) justifican con bastante rigor los rasgos inciertos. Carlo Steiner, después de apoyar algunas, escribe: «Una mujer con tres ojos es un monstruo, pero el Poeta, aquí, no se somete al freno del arte, porque le importa mucho más expresar las moralidades que le son caras. Prueba inequívoca de que en el alma de ese artista grandísimo el arte no ocupaba el primer lugar sino el amor del Bien». Con menos efusión, Vitali corrobora ese juicio: «El afán de alegorizar lleva a Dante a invenciones de dudosa belleza».

Dos hechos me parecen indiscutibles. Dante quería que la procesión fuera bella («Non che Roma di carro così bello, rallegrasse Affricano»)[3]; la procesión es de una complicada fealdad. Un grifo atado a una carroza, animales con alas tachonadas de ojos abiertos, una mujer verde, otra carmesí, otra en cuya cara hay tres ojos, un hombre que camina dormido, parecen menos propios de la Gloria que de los vanos círculos infernales. No aminora su horror el hecho de que alguna de esas figuras proceda de los libros proféticos («ma leggi Ezechiel che li dipigne»)[4] y otras de la Revelación de San Juan. Mi censura no es un anacronismo; las otras escenas paradisiacas excluyen lo monstruoso[5].

Todos los comentadores han destacado la severidad de Beatriz; algunos, la fealdad de ciertos emblemas; ambas anomalías, para mí, derivan de un origen común. Se trata, claro está, de una conjetura; en pocas palabras lo indicaré.

Enamorarse es crear una religión cuyo dios es falible. Que Dante profesó por Beatriz una adoración idolátrica es una verdad que no cabe contradecir; que ella

---

[3]   «Tanto más en Roma un carro tan hermoso / alegraría al Africano...» *(Purg., XXIX, 115).*

[4]   «mas lee en Ezequiel que los describe» *(Purg., XIX, 100).*

[5]   Ya escrito lo anterior, leo en las glosas de Francesco Torraca que en algún bestiario italiano el grifo es símbolo del demonio («Per lo Grifone entendo lo nemico»). No sé si es lícito agregar que en el Códice de Exeter, la pantera, animal de voz melodiosa y de suave aliento, es símbolo del redentor.

una vez se burló de él y otra lo desairó son hechos que
registra la *Vita nuova*. Hay quien mantiene que esos
hechos son imágenes de otros; ello, de ser así, refor-
zaría aún más nuestra certidumbre de un amor desdichado y supersticioso. Dante, muerta Beatriz, perdida
para siempre Beatriz, jugó con la ficción de encontrarla para mitigar su tristeza; yo tengo para mí que
edificó la triple arquitectura de su poema para intercalar ese encuentro. Le ocurrió entonces lo que suele
ocurrir en los sueños, manchándolo de tristes estor-
bos. Tal fue el caso de Dante. Negado para siempre
por Beatriz, soñó con Beatriz, pero la soñó severísima, pero la soñó inaccesible, pero la soñó en un carro tirado por un león que era un pájaro y que era todo
pájaro o todo león cuando los ojos de Beatriz lo espe-
raban *(Purgatorio,* XXXI, 121). Tales hechos pueden
prefigurar una pesadilla; esta se fija y se dilata en el
otro canto. Beatriz desaparece; un águila, una zorra y
un dragón atacan el carro; las ruedas y el timón se cu-
bren de plumas; el carro, entonces, echa siete cabezas
(«Trasformato così'l dificio santo / mise fuor tes-
te...») [6]; un gigante y una ramera usurpan el lugar de
Beatriz [7].

---

[6]   «Así cambiado el edificio santo / saco cabezas...» *(Purg.,*
XXXII, 142).

[7]   Se objetará que tales fealdades son el reverso de la prece-
dente «Hermosura». Desde luego, pero son significativas... Alegóricamente, la agresión del águila representa las primeras persecu-
ciones; la zorra, la herejía; el dragón, Satanás o Mahoma o el
Anticristo; las cabezas, los pecados capitales (Benvenuto da Imola)
o los sacramentos (Buti); el gigante, Felipe IV, el Hermoso, rey de
Francia.

Beatriz se dirige a Dante desde el carro. Ilustración por William Blake. *The Tate Gallery,* Londres.

Foto Museo

Infinitamente existió Beatriz para Dante. Dante, muy poco, tal vez nada, para Beatriz; todos nosotros propendemos por piedad, por veneración, a olvidar esa lastimosa discordia inolvidable para Dante. Leo y releo los azares de su ilusorio encuentro y pienso en dos amantes que el Alighieri soñó en el huracán del segundo círculo y que son emblemas oscuros, aunque él no lo entendiera o no lo quisiera, de esa dicha que no logró. Pienso en Francesca y en Paolo, unidos para siempre en su Infierno. («Questi, che mai da me non fia diviso...») Con espantoso amor, con ansiedad, con admiración, con envidia.

LA ÚLTIMA SONRISA DE BEATRIZ

Mi propósito es comentar los versos más patéticos que la literatura ha alcanzado. Los incluye el canto XXXI del *Paraíso* y, aunque famosos, nadie parece haber discernido el pesar que hay en ellos, nadie los escuchó enteramente. Bien es verdad que la trágica sustancia que encierran pertenece menos a la obra que al autor de la obra, menos a Dante protagonista que a Dante redactor o inventor.

He aquí la situación. En la cumbre del monte del Purgatorio, Dante pierde a Virgilio. Guiado por Beatriz, cuya hermosura crece en cada nuevo cielo que tocan, recorre esfera tras esfera concéntrica, hasta salir a la que circunda a las otras, que es la del primer móvil. A sus pies están las estrellas fijas; sobre ellas, el empíreo, que ya no es cielo corporal sino eterno, hecho sólo de luz. Ascienden al empíreo; en esa infinita región (como en los lienzos prerrafaelistas) lo remoto no es menos nítido que lo que está muy cerca. Dante ve un alto río de luz, ve bandadas de ángeles, ve la múltiple rosa paradisiaca que forman, ordenadas en anfiteatro, las almas de los justos. De pronto, advierte que Beatriz lo ha dejado. La ve en lo alto, en uno de los círculos de la Rosa. Como un hombre que en el fondo del mar alzara los ojos a la región del trueno, así la venera y la implora. Le rinde gracias por su bienhechora piedad y le encomienda su alma. El texto dice entonces:

> Così orai; e quella, sì lontana
> come parea, sorrise e riguardommi;
> poi si tornò all'etterna fontana [1].

¿Cómo interpretar lo anterior? Los alegoristas nos dicen: La razón (Virgilio) es un instrumento para alcanzar la fe; la fe (Beatriz), un instrumento para alcanzar la divinidad; ambos se pierden, una vez logrado su fin. La explicación, como habrá advertido el lector, no es menos intachable que frígida; de aquel mísero esquema no han salido nunca esos versos.

Los comentarios que he interrogado no ven en la sonrisa de Beatriz sino un símbolo de aquiescencia. «Última mirada, última sonrisa, pero promesa cierta», anota Francesco Torraca. «Sonríe para decir a Dante que su plegaria ha sido aceptada; lo mira para significarle una vez más el amor que le tiene», confirma Luigi Pietrobono. Ese dictamen (que también es el de Casini) me parece muy justo, pero es notorio que apenas si roza la escena.

Ozanam (*Dante et la philosophie catholique,* 1895) piensa que la apoteosis de Beatriz fue el tema primi-

---

[1] «Así imploré; y aquella, tan lejana / como parecía, se sonrió y me miró de nuevo; / y después se volvió a la eterna fuente» (*Par.,* XXXI, 91-93).

Beatriz dirige a Dante su última mirada, su última sonrisa. Ilustración por William Blake. *Ashmoleam Museum,* Oxford.

Foto Museo

tivo de la *Comedia;* Guido Vitali se pregunta si a Dante, al crear su Paraíso, no le movió ante todo el propósito de fundar un reino para su dama. Un famoso lugar de la *Vita nuova* («Espero decir de ella lo que de mujer alguna se ha dicho») justifica o permite esa conjetura. Yo iría más lejos. Yo sospecho que Dante edificó el mejor libro que la literatura ha alcanzado para intercalar algunos encuentros con la irrecuperable Beatriz. Mejor dicho, los círculos del castigo y el Purgatorio austral y los nueve círculos concéntricos y Francesca y la sirena y el Grifo y Bertrand de Born son intercalaciones; una sonrisa y una voz, que él sabe perdidas, son lo fundamental. En el principio de la *Vita nuova* se lee que alguna vez enumeró en una epístola sesenta nombres de mujer para deslizar entre ellos, secreto, el nombre de Beatriz. Pienso que en la *Comedia* repitió ese melancólico juego.

Que un desdichado se imagine la dicha nada tiene de singular; todos nosotros, cada día, lo hacemos. Dante lo hace como nosotros, pero algo, siempre, nos deja entrever el horror que ocultan esas venturosas ficciones. En una poesía de Chesterton se habla de *nightmares of delight,* de pesadillas de deleite; ese oximoron más o menos define el citado terceto del *Paraíso.* Pero el énfasis, en la frase de Chesterton, está en la palabra *delight;* en el terceto, en *nightmare.*

Reconsideremos la escena. Dante, con Beatriz a su lado, está en el empíreo. Sobre ellos se aboveda, inconmensurable, la Rosa de los justos. La Rosa está lejana, pero las formas que la pueblan son nítidas. Esa contradicción, aunque justificada por el poeta *(Paraíso,* XXX, 118), constituye tal vez el primer indicio de una discordia íntima, Beatriz, de pronto, ya no está junto a él. Un anciano ha tomado su lugar («credea veder Beatrice, e vidi un sene»)[2]. Dante apenas acierta a preguntar dónde está Beatriz. *Ov'è ella?*[3] grita. El anciano le muestra uno de los círculos de la altísima Rosa. Ahí, aureolada, está Beatriz; Beatriz cuya mirada solía colmarlo de intolerable beatitud, Beatriz que solía vestirse de rojo, Beatriz en la que había pensado tanto que le asombró considerar que unos peregrinos, que vio una mañana en Florencia, jamás habían oído hablar de ella, Beatriz, que una vez le negó el saludo,

---

[2]   «creía ver a Beatriz y vi a un anciano» *(Par.,* XXXI, 59).
[3]   «¿dónde está ella?» *(Par.,* XXXI, 64).

Beatriz, que murió a los veinticuatro años, Beatriz de
Folco Portinari, que se casó con Bardi. Dante la divisa,
en lo alto; el claro firmamento no está más lejos del
fondo ínfimo del mar que ella de él. Dante le reza
como a Dios, pero también como a una mujer anhe-
lada:

> O donna in cui la mia speranza vige,
> e che soffristi per la mia salute
> in inferno lasciar le tue vestige...[4]

Beatriz, entonces, lo mira un instante y sonríe, para
luego volverse a la eterna fuente de luz.

Francesco de Sanctis *(Storia delle letteratura italiana,* VII) comprende así el pasaje: «Cuando Beatriz
se aleja, Dante no profiere un lamento: toda escoria terrestre ha sido abrasada en él y destruida». Ello es verdad, si atendemos al propósito del poeta; erróneo, si
atendemos al sentimiento.

Retengamos un hecho incontrovertible, un solo hecho humildísimo: la escena ha sido *imaginada* por
Dante. Para nosotros, es muy real; para él, lo fue menos. (La realidad, para él, era que primero la vida y
después la muerte le habían arrebatado a Beatriz.) Au-
sente para siempre de Beatriz, solo y quizá humillado,
imaginó la escena para imaginar que estaba con ella.
Desdichadamente para él, felizmente para los siglos
que lo leerían, la conciencia de que el encuentro era

---

[4] «Oh mujer, en quien tengo mi esperanza, / y soportaste por
mi salvación / que en el infierno dejaras tus huellas...» *(Par.,* XXI,
79-81).

Dante bebe en el río de luz del Empíreo. Ilustración por William Blake.
The Tate Gallery, Londres.

Foto Museo

imaginario deformó la visión. De ahí las circunstancias atroces, tanto más infernales, claro está, por ocurrir en el empíreo: la desaparición de Beatriz, el anciano que toma su lugar, su brusca elevación a la Rosa, la fugacidad de la sonrisa y de la mirada, el desvío eterno del rostro [5]. En las palabras se trasluce el horror: *come parea* se refiere a *lontana* pero contamina a *sorrise* y así Longfellow pudo traducir en su versión de 1867:

> Thus I implored; and she, so far away,
> Smiled as it seemed, and looked once more at
> me...

También *eterna* parece contaminar a *si tornò*.

---

[5] La *Blessed Demozel* de Rossetti, que había traducido la *Vita nuova,* también está desdichada en el paraíso.

ESPASA ⊖ BOLSILLO

TÍTULOS PUBLICADOS